静蕾《ジンレイ》
蒼蓮《ソウレン》

はっきりと通る低い声。
まだ何かあるのかと思い振り返ろう
とすると、それよりも先に後ろから長い
腕に絡めとられた。
イラスト 硝音あや

皇帝陛下のお世話係

～女官暮らしが幸せすぎて後宮から出られません～

1

〔著〕柊一葉

〔絵〕硝音あや

もくじ

プロローグ　十七歳、皇后候補になりまして

良家の娘にとって、生まれた時代というのは己の一生を大きく左右する。

争いのない平和な時世が続く光燕国《コウエン》でも、それは変わらない。

そう、たとえば皇帝陛下と近い年頃に生まれると、良家の娘たちはもれなく『皇后』になることを期待される――


私、柳凜風《リュウリンファ》は今日、人生で初めて『後宮』へと足を踏み入れた。

ここは本来、皇帝陛下の妃となる者だけが入れる場所である。

けれど今、ここに妃は一人もいない。

朱色の梁《はり》に、金銀の飾り細工が煌《きら》めく御殿は豪華絢爛《ごうかけんらん》。その姿は栄華を極めたときのままだと聞くが、ガランとした空き部屋が並ぶ様を見てしまうと、まるで別世界に咲く忘れられた華のようだ。

「凜風《リンファ》様。どうぞ、こちらへ」

年嵩《としかさ》の女官が光沢ある黒の扉を押し開き、私を案内してくれる。彼女たちが着ている臙脂《えんじ》色の衣

に黒い帯という装束は、皇族の世話を許された中級女官の装いである。

あぁ、ついに来てしまった。

背筋を正し、柳《リュウ》家の名に恥じない凛とした姿を心がけてはいるが、本心では今すぐ帰りたいと思っている。

本日の催しが、あまりに気乗りしないからだ。

『皇后選定の儀』

これから行われるのは、光燕《コウエン》国皇帝陛下の伴侶を決める宴《うたげ》である。

何としても、皇族と縁づきたい。右丞相《うじょうしょう》の地位につく私の父は、その野心から娘を皇后選定の儀に推挙した。

この二ヶ月、どうにか思いとどまってもらおうと、母や叔父から何度も説得してもらったが、父の考えを覆すことはできなかった。

辞退できず、かといって逃亡もできず。

幾度となく冷水を浴び、病欠にしてもらおうとするも、健康すぎるせいで熱も咳も出なかった。

健やかな己の身が悔やまれる……！

そして、いよいよ本番を迎えた今日。麗《うら》らかな日差しに、宮廷の木々が輝いて見えるほど日和もいい。

空色の衣は天女をイメージさせる優美な意匠で、歩くたびに長い袖や裾がふわりふわりと揺れ、この十七年の人生で最も艶やかな衣装だ。

長い黒髪は上半分ほどを掬《すく》って高い位置で結い上げ、金のかんざしや翡翠《ひすい》の玉で飾り、高貴な方々の前に出るにふさわしい姿に整えられた。

私だって、美しい衣装や髪飾りに心が動かないわけではないが、それでは到底補えないような苦渋がここにはある。

長い長い廊下を歩きながら、私は心の中で何度も自分に言い聞かせた。

大丈夫。何とかなる。

これといった解決策は見つからないまま、とうとう控えの間に到着してしまったのだが、ここまで来たらさすがに引くに引けない。

私を案内してくれた女官は、扉の前にいた官吏《かんり》の男性に会釈をして用向きを告げた。

「柳《リュウ》家の姫君をお連れいたしました」

その言葉を受け、黒い格子戸が音もなく開く。

私は緊張感から、ごくりと唾を飲み込んだ。

「どうぞ、お入りください」

選定の儀が始まるまで、この控えの間で待つようにと聞いている。

私は小さな声で「ありがとう」と告げると、静々と中へ入っていった。

覚悟を決めなければ、そう思ったのも束の間。目に飛び込んできた光景に愕然《がくぜん》とした。

「ひっく……ひっく……。怖いよぉ」

「ねぇ、泣いたら叱られるって、私の父様が言ってたよ？」

「上手にできるかなぁ？　皆の前で舞を踊るの初めてなの」

「皇帝陛下って、どこにいるの？」

室内には、皇后候補が四人いた。

皆、どう見ても五、六歳の幼女である。

一人は泣いていて、もう一人はその子を困った顔で見ていて、ほかの二人は女官とおしゃべりをしている。

顔を引き攣《つ》らせる私を見て、この控えの間に待機していた上級官吏の男性が哀れみの目を向けた。

「お待ちしておりました。柳凛風《リュウリンファ》様。柳《リュウ》家の一姫《いちひめ》様でお間違いないですね？」

「は、はい……。相違ございません」

柳《リュウ》家の娘は、私だけ。正真正銘の本人だ。哀れみの目を向けられるのも、無理はない。明らかに私だけが場違いなのだから……。

私の存在に気づいた幼女の姫君らは、一斉にこちらを見る。

「「「…………」」」

着飾った女官が来た、と思われている？　うん、私も女官の方がよかったわ。

でも残念ながら、女官じゃない。

皇后選定の儀に出るのは、私とこの幼女たちの計五名。

私たちは、この国で皇族の次に権力を持っている『五大家』の娘たちだ。政治的な例外もあるとはいえ、皇帝陛下の伴侶はこの五大家の娘から選ぶという慣例があり、このような状況になっている。

そう、家柄という理由があるから私はここにいる。

良家の娘にとって、皇后になれるということは人生最良の縁と考えられていて、その座を手にすることができなくても、選定の儀に出られるだけで栄誉なことだとされている。

では何が問題なのかというと、それは当代の皇帝陛下の年齢にあった。

第十七代皇帝、その名は紫釉《シユ》様。

彼は、御年五歳の幼児である。この幼女たちに、ぴったりの少年皇帝!!

にも拘《かかわ》らず、私は十七歳！　なんと年の差は十二歳もあるのだ。

どう考えても、私がここにいるのはおかしいでしょう!?

「では、お時間までごゆるりと」

案内してくれた女官は、私に対して恭《うやうや》しく礼をして去っていった。さすがに付き添ってはくれないらしい。

それはそうよね。私は幼女じゃありませんからね。

「「「「…………」」」」

視線が痛い。

これまでの人生で、これほど居心地の悪い思いはしたことがなかった。ただし、来てしまった以上は泣き言なんて許されないから、懸命に愛想のいい笑みを浮かべる。

年長者として、動揺や悲哀を態度に出すわけにはいかないわ。

スッと背筋を正し、柳《リユウ》家の娘として恥じない行いを心がける。

まずは、挨拶を。私は四人の姫君たちに向け敬意を示した。

「はじめてお目にかかります。此度《こたび》の選定に、柳《リユウ》家からやってまいりました。凜風《リンファ》にございます。どうか、皆様の輪に入れてくださいませ」

顔の前で合掌して笑顔を振りまきつつ、心の中では父を恨む。

いくら幼い娘がいなかったとしても、私はさすがにないでしょう!? 分家の小鈴《シヤオリン》（十二歳）ですら、謹んで辞退申し上げますって文《ふみ》を寄越したのに……。

今日の選定の宴では、得意の二胡《にこ》を大勢の前で披露する。

小鈴《シヤオリン》は二胡どころか、歌も舞も苦手だから辞退したのだろうけれど、いくら演奏に自信があったところでここに十七歳が出てくるなんて、いい笑いものだわ。

父は、私をお飾りの妃にしてでも後宮に入れたいんだろうけれど、巻き込まれた私は迷惑極まりない。

何より、その「お飾り」にすらなれません！

あぁ、恨みます、父上。

幼女と女官たちから視線を浴びる中、私はこれからどうやり過ごそうかを懸命に考えていた。

第一章 皇后候補の娘たち

思い返せば二ヶ月前。

多忙を極める父がめずらしく夕餉《ゆうげ》の場に現れ、しかも食後に「部屋へ来い」と言ってきた。

十七歳という年齢を考えると、どこぞの家に嫁げと言われるのだろうなと予想できる。

五大家のうち、最も権力を持つ柳《リユウ》家の娘だから、己の意思で嫁ぎ先を決められないことは幼少期からわかっていた。

これまでに許嫁《いいなづけ》がいたこともある。

いずれも家同士の都合で用意された縁談であり、そして同じ理由で立ち消えた。こういうことは男女問わず良家の子にはよくあることで、それが今後の縁談に差し障ることはまったくない。

光燕国《コウエン》で、成人と認められるのは十五歳。結婚は早ければその十五歳で、遅くても二十五歳くらいまでに……というのが一般的な認識である。

十七歳になった私は、そろそろ縁談が決まるのではと自他共に予想していた。

右丞相の父の元には、その権力にあやかろうという者が後を絶たず、私への縁談もそれが目的で幾つも寄せられていた。

今度の縁談は、一体どこの家かしら？

見合いをした上で、お相手を選ぶことはできる？　それともすべてが決まった後で嫁ぎ先を告げられるのかしら？

父は強引な性格だから、きっと私が何か言っても無駄だろう。これまでは私と相手の相性がよくなさそうなら、まだ年齢的に余裕があるから無理強いはされずにこられた。

「今回はさすがに無理かもね……」

もう十七歳だ。友人たちも半数は許嫁がいる。私は諦めに似た感情で、父の部屋へと向かった。

漆塗《うるしぬ》りの扉を開けると、椅子に座る父の正面に兄・秀英《シュイン》が立っているのが見える。

私が現れると、兄はこちらを振り返って少しだけ笑って見せた。どちらかというと、苦笑いに近いような印象だ。

二十二歳の兄も私と同じく未婚で、そろそろ許嫁が決まるのではないかという時期。ただし、父の態度やその顔つきから、今日は私の結婚について話があるのだと直感でそう悟る。

軽く笑みを浮かべ、私は兄と目を合わせる。

（おまえの縁談話だろうな）

（でしょうね）

目だけで会話する兄妹《きょうだい》は、黙って父の正面に並んで立つ。

「揃《そろ》ったな」

父はそう言うと、世間話などは一切挟まずさらりと本題を告げた。

「凛風《リンファ》が、皇后候補として選定の儀に出ることが決まった」

皇后候補。選定の儀。

そんなわかりやすい言葉が、これほどまでに頭に入って来なかったことはない。

「…………は？」

私は目を瞬かせ、固まっていた。

兄も唖然とした顔つきで身動きを止めていて、「は？」以外の感想が出てこないまま時間だけが過ぎていく。

「聞こえなかったか？」

早く返事をしろ、とばかりに父が尋ねた。

そんなことを言われても、私は頭が真っ白になっているのだから仕方がない。

誰が、五歳の皇帝陛下の皇后候補になれと言われると思う？　それで「はい、わかりました」と即答できる方がおかしいわ。

当代の皇帝陛下は、二年前に先帝様が三十歳という若さで亡くなり、わずか三歳で即位した。我が国始まって以来の、最年少皇帝の誕生である。

母である前皇后様は、昨年祖国へ戻られた。そうせざるを得ない理由があったそうだが、それが

どんな理由かまで私は知らない。

本来のしきたりなら、皇后は五大家の娘から選ばれるはずで、それがどういうことか先帝様のときは隣国から皇后様を迎えた。婚姻時期や結婚の宴、その暮らしぶりなど、何かと例外づくしだったとも聞くし、何か事情でもあったのだろう。

とにもかくにも、成人した皇帝陛下がいない現在、宮廷で政《まつりごと》を担っているのは先帝様の実弟である蒼蓮《ソウレン》様だ。

このお方は、皇帝代理であり、最高位執政官であり、皇帝陛下を除くただ一人の皇族である。

私の兄は蒼蓮《ソウレン》様の側近で、執政宮で上級官吏として働いている。

皇后選びだなんて兄の方が詳しく状況を把握しているはずなのに、「妹が皇后候補に」という話は今初めて耳にしたらしい。

兄は「冗談ですよね？」と言いたげな様子で、顔を引き攣らせながら尋ねる。

「父上」

「なんだ」

「凜風《リンファ》は十七ですが？」

「知っておる」

兄の疑問はもっともだ。

けれど、父はすべてわかった上で私に皇后を目指せという。

「妹に、お飾りの妃になれと……？」

兄の声は少しだけ震えていた。

普段はへらへらしていて、厳格な父にまるで似ていない兄が、こんなに動揺しているのは初めてだ。

五歳の皇帝に、十七歳の皇后がついたとして、それは果たして夫婦と呼べるのか？

答えはもちろん、否だろう。

皇帝陛下は右丞相である父の傀儡《かいらい》に、そのような未来しか見えない。私はお飾りと言うか名ばかりと言うか、ただその地位についているだけの皇后となってしまう。

「凜風《リンフア》は見た目こそ貞淑な娘ですが、少々、いや、かなり、物言いに遠慮がないので皇后には向かぬと思います」

父を何とか思いとどまらせようとする兄。だが、父はいつも通り顔色一つ変えずに言った。

「柳《リュウ》家のためだ。それに、まだ皇后になれると決まったわけではない。選定の儀に出ることは決まったがな」

このとき、父から「選定の儀で舞や二胡を披露すること」、その場には「五歳の皇帝陛下や蒼蓮《ソウレン》様、国の重鎮たちが参加すること」を聞かされた。

顔を顰《しか》める私の隣で、兄は懸命に反対する。

「父上は、どうかなされたか!?　いくら皇后でも、凜風《リンフア》を五歳に嫁がせるなど……！　陛下が心労で早死にしたらどうするのです!?」

ひどい言われようだわ。さすがに五歳の皇帝陛下を虐げるなんてしないわよ!

私は、兄をじとりとした目で睨《にら》む。

「昨年、凜風《リンファ》に見合いさせたことを忘れましたか？　相手がせっかく乗り気だったのに、話が長いからといって『その話はいつ終わりますか？』と面と向かって尋ねたと……」

過去のことを蒸し返す兄に、私は反論した。

「他者を悪しざまに言うことで、己の評価を過剰に上げようとする男性は好きになれません。あの方は私に『すごいですね』『素敵ですね』と持ち上げてほしかったのでしょうが、ほぼ捏造《ねつぞう》された自慢話や他者への嘲笑を長々と聞かされては、文句の一つも言いたくなります」

「そ、それはそうだが」

「それにあの方は、兄上のことも悪く言ったのですよ!?　『柳《リュウ》家の跡取りとして宮廷で女官に声をかけすぎるのは笑いを誘う』などと……!」

見合い相手の兄を小ばかにするなど、常識が欠如しているとしか思えない。あんな人と一生を共にするのは、いくら何でもお断りだわ。

あのときのことを思い出し、ムッとした表情になる私に兄は尋ねた。

「凜風《リンファ》は、私を庇《かば》ってくれたのか？」

初めて知る真実に、兄は驚いていた。

「いえ、それは本当のことですので流しましたけれど」

「そこは庇って!?　反論して!?」

懇願する兄を無視して、私は父に目を向ける。

「皇后候補として宴に出ることは、ご命令ですか？」

父は、やはり淡々と答えた。

「まだ決まってはおらん。それに、選択肢はやろう」

ぎろり、と鋭い目が私に向けられる。

有無を言わさぬ圧力。慣れているので怖くはないけれど、父の用意した選択肢がうれしくないものであることは確かで、私は緊張感に包まれた。

「選択肢は、三つだ。一つめは、選定の儀で皇后に選ばれること。二つめは、その場に同席なさる蒼蓮《ソウレン》様に見初《みそ》められること」

蒼蓮《ソウレン》様は二十四歳で、私とは七つの年の差だから許嫁としてはぎりぎり許容範囲内といった年齢差だ。

直接お会いしたことはないけれど、女官や宮女《きゅうじょ》たちがこぞって熱を上げているかなりの美丈夫らしい。

長い黒髪は艶やかで、そのお姿を一目見れば心を奪われる……なんて言われるほど。

事実、近隣諸国の使者がやってきたときには、かの人の麗しい姿やその才覚に引きつけられ、美姫と称される方々との縁談を持ちかけることもあるんだとか。

ただし、その誰とも婚姻が成立したことはない。皇帝陛下が成人なさるまで、誰とも結婚しないつもりなのか、それとも結婚するつもりがそもそもないのか？

色々な噂《うわさ》が流れているが、その奔放な行動は誰しもが知るところである。

蒼蓮《ソウレン》様は、無類の女好きという噂だ。

ご自身の宮殿に、身分問わず麗しい女性を幾人も囲っているらしい。

蒼蓮《ソウレン》様の部下である私の兄も、女性とみれば口説くような女好きなので、上官と部下が揃ってそんな状態でこの国は大丈夫なのかしら？　と政《まつりごと》の心配をしたくらいだ。

「蒼蓮《ソウレン》様、ですか」

私は顔を顰めて呟《つぶや》く。

とにかく手を出す、という蒼蓮《ソウレン》様なら私を己の宮に入れてくれる可能性は無きにしも非《あら》ずだけれど、これまでにも父は積極的に私を売り込もうとしていたはずで。

でも蒼蓮《ソウレン》様は、私との見合いに決して頷《うなず》かなかった。

会ったことがないから、私の容姿が好みじゃないっていう理由で断ったわけではないと思う。

だとすると、五大家のようなお堅い家柄の娘に手を出すつもりがないのでは？

つまり、私が柳《リユウ》家の娘である限り、蒼蓮《ソウレン》様に見初められる可能性はゼロだ。

それに私だって、最初から女好きで愛人がたくさんいるような人に嫁ぐのは避けたい……。さすがに、前評判くらいはそれなりにいい人であってほしいと思う。

父が提示した選択肢は、一も二もあってないようなものだった。

あまりに酷《ひど》くないですか？

呆《あき》れてしまって、薄笑いすら浮かぶ。

私の心情を察した父は、ついに三つめの選択肢を口にする。

「三つめは、李《リ》家の睿《ルイ》殿に嫁ぐこと。年は二十一歳で上級武官だ。悪い噂は一切なく、頼りがいのある男だと評判はいいぞ」

「「李《リ》家!!」」

私と兄の声が重なる。

それもそのはず、李《リ》家は長年のライバルといってもいい相手で、表面的には友好を示しているが、家同士の確執は大きい。

その李《リ》家の長男である睿《ルイ》様に私が嫁ぐとなると、実家に情報を流すために無理やり押し込まれる潜入妻ということだ。

向こうも私のことは人質として扱うだろうし、とてつもない緊張状態で暮らさなければならない。

え、これが三つめの選択肢ですか……？

私が気弱な娘だったら、この場で卒倒していてもおかしくない。良家の娘にとって、父親が持ってくる縁談とは今後の人生を決めるものなのだから、この三つの選択肢から想像できる未来が明るくないことは確かで。

私が何か反論する前に、兄が私より青白い顔で言った。

「睿《ルイ》殿はよき御仁ですが、李《リ》家はないでしょう。失礼ながら、この選択肢はいずれも正気とは思えませぬ」

ですよね。私もそう思います。

でも、父が言うことには逆らえない。これまでだって、私たちがいくら反対しても父が考えを覆したことは一度もない。

「どうする？　凜風《リンファ》」

父は、私が逆らえないとわかっていて返事を迫る。

悔しいし、嘆かわしいし、力のない自分が嫌になる。

「どうする、とおっしゃられましても」

当然のことながら、どの選択肢でも飢えることはないだろう。これまで通り、豊かな暮らしができる。だとしても、あまりに心が晴れない。

五歳の皇帝か、浮気者か、敵地に飛び込むか。

どんな選択肢なの!?　まともなのが一つもないじゃない！

心の中で散々に喚《わめ》き散らすも父の言葉は絶対で、考えたところでどうにかなるわけでもない。

私に選べる道はなく――――

「選定の儀に、参加いたします……」

力なく項垂《うなだ》れて、そう答えるしかなかった。

＊＊＊

『女人《にょにん》たるもの、お家のために、夫のために、兄弟のために尽くせ』

これは、光燕国《コウエン》の常識である。女人の幸せは、いい家に嫁ぎ、家の繁栄のために尽力することなのだと信じている人が多い。

私だって、柳家《リユウ》の娘として生まれたからにはその役目というものを果たさねば……と思っている。

だとしても、これはあんまりだわ。

控えの間には、幼女四人と私。五大家からそれぞれ一名ずつ選出された皇后候補は、御年五歳の少年皇帝の皇后になるためにここにいる。

「ふぇぇぇぇぇん」

「姫、どうか泣き止んでください。そのように泣かれては、舞が披露できません」

ずっと泣いているのは、朱家《シユ》の姫君だ。

朱家《シユ》は柳家《うち》の縁戚で、広い意味では身内と呼べなくもない。

どうやら、こちらの姫君はおとなしい性格で、このような場が苦手らしい。

まだ幼いものね……。

良家の娘は、三歳頃から礼儀作法の師がつく。五歳くらいなら、舞や歌、読み書きを習い始めたばかりだろう。このような場は、十歳前後で経験するのが通常で、いきなり宮廷に連れて来られて泣いてしまうのは理解できる。

「ふぇぇぇぇぇん、帰りたいよー！」

私とこの子、どっちが帰りたい願望が強いかしら？　まるで同志のような気分になってきたわ。

あぁ、でもこんな小さな子が、不安で泣いているなんて。どうにもかわいそうに思えてきて、私は彼女が座る傍らに膝をついて話しかける。

本来なら、このような姿勢はとるべきではないけれど、相手が小さい女の子だから目線を合わせるにはこうする方がいい。

「姫、喉が渇きませんか？　涙を拭いて、お茶でもご一緒しましょう？」

「ひっく……うぅっ」

声をかけると、彼女はじっとこちらを見つめてくる。

大きな目がかわいい！

ぷりっぷりの頬に、さくらんぼ色の唇。濃茶色の髪が左右に分けられお団子に結われていて、しゃらしゃらと飾りが揺れるのもまた愛らしい。

背格好からして、うちの弟・飛龍《フェイロン》と同じ五歳だろう。弟はやんちゃだから、この姫君とはかなり違う。

「私は柳凜風《リユウリンフア》と申します。姫君のおうちとは、親しくしている間柄ですよ」

「柳《リユウ》……？」

あぁ、かわいい。少し舌足らずな感じが堪《たま》らない。もうこんなところにいないで、一緒に甘味でもどうですかと誘いたいくらいだわ。

にっこりと微笑《ほほえ》みかけると、彼女は少しだけ警戒を解いて口を開いた。

「柳《リユウ》、ふぁ？」

「柳凜風《リユウリンフア》にございます」

聞き取りやすいようにゆっくり名乗り、目を見て彼女の反応を探る。

たっぷりと涙の粒を溜めた目は、いきなり話しかけてきた私を窺《うかが》うようにじぃっと向けられていた。しばらく見つめ合っていると、傍らについていた女官が小さな姫君に代わって恭しく私に挨拶をする。

「こちらは、朱《シユ》家の芽衣《ヤーイー》様です。五歳になられたばかりで、今日は初めて宮廷に上がられて……」

「まぁ、そうですか」

それはさぞ怖かったに違いない。

私は、牛車を降りたら大勢の官吏がずらりと並んでお出迎えしてくれたことを思い出す。

「芽衣《ヤーイー》様は、昨年の夜宴の際には柳《リユウ》家にお伺いしたこともございます」

どうやら面識はあるらしい。

とはいえ、向こうもこっちも顔や名前までは覚えていないんだけれど。朱《シュ》家には確か、三人の娘がいる。おそらくこの子は、末姫だと予想はついた。

私は自分の手巾《しゅきん》を袂《たもと》から取り出し、芽衣《ヤーイー》姫の目元や頬をそっと拭う。

「大丈夫。何も怖くないですよ？　今日は、皆で楽しく舞を踊って、歌を詠み、二胡を弾くのです。泣かなくても大丈夫です」

いくら名家の娘でも、まだこの年頃なら個々の性格が出てしまうのは仕方ない。

本来の性格が豪気だとよく言われる私だけれど、大勢の人がいる場や慣れないところに来ると怖くて泣いてしまう子の気持ちはわかる。

私は皇后候補とは名ばかりだと自覚があり、自分が選ばれるなんて微塵《みじん》も思っていない。幼い姫たちと競い合うつもりは毛頭なく、この子たちがなるべく健やかに過ごせるようにしてあげたいと思う気持ちが湧き始めていた。

女官に用意してもらった温かいお茶を芽衣《ヤーイー》姫に飲んでもらい、私は椅子に座りなおして彼女を膝に乗せる。

「さぁ、何をして待ちましょうか？」

後ろからぎゅっと抱き締める姿勢を取ると、彼女は私の腕の中にすっぽりと収まる。

甘やかな香《こう》のかおりがして、幼いながらも早朝から準備をさせられたんだなと気づく。

私は芽衣姫《ヤーイー》に少しでも楽しい思いをさせてあげたくて、明るく話しかけた。

「とてもかわいい飾り紐《ひも》ですね！　お花は椿ですか？　蝶もいますね」

子ども用の腰紐を見てそう話しかけると、芽衣姫《ヤーイー》はうれしそうにはにかんだ。きれいな衣が着られることはうれしいみたい。

私も昔、初めて正装を纏《まと》ったときはうれしかったなぁ。今思えば些細《ささい》なことだったけれど、心が躍ったのを思い出した。

「赤いお花とちょうちょはお友だちなの。この紐はお婆様がくれたの」

芽衣姫《ヤーイー》は、蝶の刺繍を指差してそう話す。そういえば子どもの頃は、衣の柄を見てそこにどんな物語があるのか想像したなぁと懐かしい気持ちになった。

「この簪《かんざし》もかわいらしいですね。よくお似合いですよ」

私がそう述べると、小さな手で簪に触れた彼女は照れ笑いになる。お茶を飲んでおしゃべりをしたことで、芽衣姫《ヤーイー》は少し落ち着いたみたい。

膝の上におとなしく座り、もうすっかり涙も引いている。

一方で、ほかの姫たちは長い待ち時間に飽きてきたようで、ご機嫌斜めになる兆候がちらほらと見て取れた。

女官たちは必死に相手をしているが、控えの間にいる全員が疲弊しているのが伝わってくる。

皆で気を紛らわせることができればいいんだけれど……。そう思ったとき、ふと壁際に置いてあった二胡が目に入る。私のために柳家《リュウ》から運びこまれたものだ。

それを見つけた私は、芽衣《ヤーイー》姫に向かってある提案をする。

「まだ少し時間がありますので、舞の練習でもしましょうか？　私が二胡を弾きますよ？」

とにかくこの場をどうにかしなくては。宴が始まるまでこの空気に耐えるのはつらすぎるし、時間を持て余す幼い姫たちがかわいそうだわ。

私は、この子たちがのちほど踊るであろう舞の練習をしないかと提案した。

この年頃の子が踊れる曲は、多くて五曲ほど。私が二胡を弾き、皆で舞っていればこの子たちの気が紛れるはず。

私の提案を受けて、芽衣《ヤーイー》姫は期待で目を輝かせて尋ねた。

「お姉様が弾いてくれるの？」

「！」

予想外のお姉様呼びに、私の心はきゅんっと締め付けられる。

弾きます……！　お姉様はあなたのためなら永遠に弾いてもいい……！

音楽に興味も示さない実弟とは違って、芽衣《ヤーイー》姫の愛らしさに一瞬で虜《とりこ》になってしまった。

「お姉様が、いっぱい弾きますよ〜」

思わず顔がへらりと緩む。

柳《リュウ》家の娘たる威厳なんて、しゅんっとどこかへ飛んでいってしまっているがもうそんなものはどうでもいい。

「皆さんも、ご一緒にどうですか？」

芽衣《ヤーイー》姫を床に下ろすと、私は窺うようにこちらを見ていたほかの三人にも笑顔で声をかける。

私の意図に気づいた女官が、置いてあった二胡を持って来てくれて準備はすぐに完了した。

「さぁ、まだ練習ですから、歌いながら舞を楽しみましょうね」

小さな姫君たちは私の言葉に素直に従ってくれて、広い控えの間の中央に並ぶ。

女官たちは、少しホッとした表情に変わっていた。

ここにいる女官もまた、私たちほどではないとはいえ良家の子女だ。幼子の、しかも身分が自分より上の幼女たちの相手をするのは、さぞ疲弊したに違いない。

あとどれくらい待ち時間があるかはわからないけれど、宴は正午からと聞いたので、太陽の高さから予測するとまだ余裕があるはず。

「では、春の曲から弾きますね」

私がそう告げると、四人の姫君は一斉に頷いた。

かわいい。もういっそ、彼女たちの二胡の師になりたい。柳《リユウ》家の娘が働くなんて、絶対に父が許さないけれど……。

あぁ、なぜ私はどこかへ嫁がないといけないのだろう。ずっとこうしていたい。

そんなことを心の中で嘆き、二胡を弾き始める。

伸びやかな音色はいつも通りで、穏やかな春の陽気を思わせる音が控えの間に広がった。

姫たちは、ぎこちなく踊り始める者、大胆に腕を上げて舞う者、隣の子が気になる者……とここにも個性が出ている。

同じ舞を踊っても、随分と違うのね。宴の席で完成された舞を見たことしかない私は、姫たちの個性的な舞を見ておもしろいなと思った。

「……？」

そのとき、隣室からふと視線を感じて、ちらりとそこへ目をやる。

黒い扉の上半分は格子になっていて、おそらくそこには警備を担う武官がいる。

向こうの様子は見えないけれど、視線はそこからだろう。

武官がこちらを見ていてもおかしくはない。気になりはしても、私は姫君たちの方へすぐに意識を戻して二胡を奏で続けた。

「皆様、お上手ですね」

「大変におかわいらしい」

女官たちがひそかにそう感想を漏らす。姫たちの舞は、私が五歳のときよりも格段にうまかった。

きっと今日の日のために、何度も練習したんだろうな。

皇后選びは国の一大事だけれど、こんなに幼い子たちを競い合わせるなんて、権力欲に塗《まみ》れた大人って本当に愚かだわ。

今日の宴を恨めしく思うが、私の荒《すさ》んだ心は姫たちの舞によって浄化されていく。

どうかこのまま、純真無垢《むく》に育ってね……！

私は姫たちのために三曲を弾き終えた。

最初はお互いに探り探りだった姫たちも、三曲が終わる頃には皆朗らかな笑みを浮かべていた。

私はそっと立ち上がると休憩を取ろうと声をかける。

「それでは、休憩にいたしましょう」

二胡を傍らに置き、姫たちが女官に連れられ各々の席に着くのを見守った。

控えの間には甘い菓子もあり、果実を絞った子ども用のお茶もある。姫たちは女官から茶や菓子を受け取って笑みを浮かべている。

よかった。五歳からすれば大年増な私でも、彼女たちの役に立てたみたい。

皆が楽しそうにしている空気を感じ取り、今日私がここへ来た意味はあったのだと思うとうれしくなる。

何より、全員が泣き出すような大惨事にならなくてよかった。安堵《あんど》した私は、用意された温かいお茶に口をつける。

「凜風《リンファ》様、簪《かんざし》の位置を変えましょうか？」

ゆるりと過ごしていると、私のもとへ一人の女官がやってきた。

その目線は、私の顔の左側にある簪《かんざし》へ向かっている。

「それは助かります」

彼女の申し出はありがたい。しゃらしゃらと揺れる簪《かんざし》の飾りが、二胡を弾くときに琴軸に当たりそうで気になっていたのだ。

宴が始まる前に自分で直そうと思っていたので、彼女の厚意をありがたく受け入れる。

「それでは、少し失礼を……」

背後に立った女官は、私の簪《かんざし》を慣れた手つきですっと引き抜き、もう一度付け直してくれた。おろしている部分の髪も櫛《くし》で梳《と》き、衣の襟も整えてくれる。

それだけでなく、お茶を飲んだことで少し落ちた紅も手早く直してくれた。

「いかがでしょう？」

彼女は手鏡を持ち、私に簪《かんざし》の位置を確認するよう促す。

さきほどとは逆の位置につけられていて、これなら飾りが演奏の邪魔になることはない。思う存分に二胡が弾けそうだった。

「ありがとうございます」

そうお礼を言ったとき、お茶を飲み終わった一人の姫が私の傍らへやってきた。

タタタ……と軽い足音がして、彼女が走ってきたことに気づく。

「私もこれ、弾いてみたいわ！」

「え？」

気づくのが遅かった。

手鏡を持っていた女官も、その姫を追いかけてきた女官も、私の二胡を手に取った姫を止めることができなかった。

私は慌てて二胡に手を伸ばすも、ほんの一瞬の差で空を切る。

――ガンッ!!

「!?」

驚きのあまり、皆が息を呑《の》んだ。

姫は私の二胡を手にしてすぐ、長さが自分の背丈とそう変わらないためにそれを机にぶつけてしまったのだ。

「翠蘭《スイラン》様!?　何ということを……!」

女官が血相を変えて駆け寄る。

皆の視線が二胡と姫に集まっていた。

「あ……」

この子に悪気はない。それはわかる。でも、自分が失敗してしまったことは理解していて、その愛らしい顔が一気に蒼褪《あおざ》めた。

「琴軸が……」

誰か嘘だと言って。私はこの惨状に、呆然《ぼうぜん》とする。

弦を巻き付けていた琴軸が、無残にも欠けてしまっていた。私は床にあった欠片《かけら》を拾うも、今すぐ直せないことは明白だった。

どうしよう。このまま演奏することはできない。皇族の前で、音色がぶれた二胡を使うなんてあり得ない。

しんと静まり返った室内で、翠蘭《スイラン》姫は涙目になって震えている。

「あ……、ううっ……ごめ、なさい」

まずい。よりによって、私の二胡を壊したのが翠蘭《スイラン》姫だなんて。

この子は、柳《リュウ》家のライバル、李《リ》家の姫だ。誰もが見てもわざとじゃないけれど、家同士の関係性から考えるととてもまずいことになる。

うまくこの場を収めなくては、翠蘭《スイラン》姫は私に嫌がらせをした性格の悪い娘だと噂され、私は私で幼い子どもにしてやられた愚鈍な娘と言われてしまう。

どう考えても最悪の未来になる可能性が高く、私は必死でどうすべきか考えていた。

「ご、ごめ、な、さ……」

途切れ途切れに発せられる、小さな声。その声に、私ははっと我に返る。

いけない。とにかく今はこの場の空気を何とかしなくちゃ。この子を泣かせたくはない。

私は彼女の手からそっと二胡を引き受け、安心してもらいたくて微笑みかける。そして深呼吸をすると、翠蘭《スイラン》姫に告げた。

「大丈夫ですよ。これは持ち帰り、修繕してもらうことにします。ちょっとケガをしただけですから、すぐに直りますよ」

「ほんと……？　大丈夫？」

不安げに揺れる瞳。いけないことをしたとわかっているからこそ、この先のことを案じているのだろう。

「大丈夫です。けれど、今度からはゆっくり優しく扱ってあげてくださいね。二胡はとても傷つきやすいですから」

私の言葉に、翠蘭《スイラン》姫はこくんと頷いた。

さて、この子はどうにか泣かずにがんばってくれた。あとは二胡をどうするか、だ。幸いにも、ここは宮廷だから二胡くらいあるはず。それを借りて今日の宴は乗り切るしかない。

私は女官に翠蘭《スイラン》姫を任せ、何でもないように笑顔を作る。そして、控えていた官吏の男性に向かって「二胡を貸して欲しい」と願い出ようとした。

ところが、私が口を開く前に黒い格子戸が開き、一人の男性が控えの間にやって来る。

「何か問題でも？」

長い黒髪を高い位置で結んだその人は、黒の胴衣の上に紺碧《こんぺき》色の武官服を纏っていて、その装束や雰囲気から上級武官と思われる。

これまでの人生で見たこともないほど美麗な男性で、彼が控えの間に入ってきた瞬間、女官や官吏の空気が一気に変わった。

その高貴な雰囲気や堂々たる態度は、明らかにほかの者とは違う。

「どうかしたか？　説明せよ」

彼の瞳はまっすぐ私に向かっている。

私は突然現れたその人に驚くも、ほとんど反射的に返事をした。

「二胡が、壊れました」

彼は私が持っているそれを見ると、「あぁ」とだけ呟くように言う。

この人にとっては、どうでもいいことなのかもしれない。もしかして、壊れたことの重大さをわかっていないのかも？

「壊れたままでは、本日の宴で演奏できません。ほんの少し欠けているだけに見えますが、とても繊細なものです。音色がまるで違うものになってしまいます」

しかもこの二胡は、私がずっと大事にしてきたものだ。

この状態が哀れでならない。欠けた琴軸を見ると胸が痛む。

ところが、説明を聞いてなお、彼の反応は鈍かった。

「このままでは音が出ない、というわけではないだろう？　あぁ、皇后に選ばれたくて必死なのか？」

「は……？」

あまりに酷い言われようで、私は怒りで卒倒しそうになる。

私が？　皇后に選ばれたくて必死？　あり得ない！

怒りでわなわなと震え出す私を、その男はじっと見つめている。その顔がまた腹立たしい。

「どうした？」

じっと目を見ていると、わざと怒らせようとしている気がした。直感でそう思った私は、ぐっと感情を押し込めて深呼吸をする。

「…………いえ、私の言葉が足りませんでした」

冷静にならなきゃ。ここは宮廷、たくさんの人に見られている。

落ち着いて対処しなくては――

「皇后になりたいなど、そのようなことではございません。私の演奏を聴いてくださる方への礼儀の問題です」

普通は、宴の主催者の部下として二胡を貸しましょうか？　くらい言うわよね!?

柳《リユウ》家が主催の宴なら、それくらい提案する！

でも、不満を顔に出したらだめ。落ち着いて、すべてを丸く収めるにはこれしかない。

「どうか、二胡をお貸しください」

話をしている時間が無駄だもの。まっすぐに前を見据えて告げると、彼は満足げに口角を上げ

「わかった」とだけ言った。

そして、なぜか一歩私との距離を詰める。

「あの……？」

すぐ目の前に立った武官を見上げ、目を瞬かせる私。

だがその瞬間、彼は私をひょいと荷物のように小脇に抱えた。

「きゃあぁぁ！」

悲鳴を上げる私に構わず、彼はそばにいた男性に「すぐに戻る」と告げる。

「ちょっと!?」

混乱してじたばたしても、さすがは武官というべきかまったく逃げられなかった。

がっしりとした腕が私の腰に回っていて、軽々と運ばれてしまう。

「離して！」

「黙れ、舌を嚙《か》む」

「!?」

こんな扱いは、十七年間生きてきて初めてだ。

何が何だかわからないうちに、男は廊下を足早に進んでいく。

すれ違う武官や官吏はぎょっと目を瞠《みは》るが、誰も私を助けてはくれなかった。上級武官であることはわかるが、少しくらい誰か止めてくれたっていいじゃない！

知らない男に抱えられるなんて、辱めが過ぎる。お願い、誰も私だって気づかないで……！

ぷらんと荷物のように小脇に抱えられながら、私は顔を両手で覆って項垂れた。

「ついたぞ」

しばらくおとなしくしていると、離れのような宮に連れて来られた。蔵の前で床に下ろされ、私は半泣きで男を睨む。

彼はこちらを振り向きもせずに、見るからに重い扉を右手で押し開けた。中には、木製の箱に収められた二胡や鈴などいくつもの楽器が保管してあるのが見える。

もしかしなくても、これは国宝級のものばかりなのでは!?

恐れ多くて、私は一歩も動けない。

「さぁ、好きなものを選べ。といっても、さすがに数がありすぎるか」

彼は、勝手知ったる場所のように奥へ進むと、茜《あかね》色の筒を慣れた手つきで開ける。

「これはどうだ？」

目利きができるのか、それとも偶然か。彼が私に差し出したのは、かなり上等の二胡だった。

「えっと」

受け取ったそれを確認すると、手入れはされていることがわかる。

床に座り、ためしでそれを弾いてみると、なめらかで心地よい音色で、私が持ってきたものよりも柔らかな音がした。

「どうだ?」

頭上から、彼の声がする。

「ありがとうございます。こちらをお借りいたします」

そう言って見上げると、彼は満足げに微笑んだ。

さっきは私に「皇后に選ばれたくて必死なのか」と嫌味なことを言い放ったのに、別人のような感じがする。

「さて、もう時間がない。戻るぞ」

「え？」

彼は私の腕を強引にとり、その場に立たせた。

嫌な予感がした私は、二胡を抱きかかえるようにして一歩下がる。

「もしかして、また私を抱えて運ぶおつもりですか!?」

「時間がないと言っただろう？」

ひぃぃぃぃぃ！　もう一度小脇に抱えられるなんて絶対に嫌！

私は全力で拒絶する。

「歩けます！　自分で走れますから、案内だけお願いします！」

「いいのか？　女人は走らぬものだろう」

この人の言うことはもっともだ。

柳《リユウ》家の娘として、廊下を走るなんてよくないと自覚はある。

けれど、見知らぬ男に運ばれるのはもっとだめですからね!?

彼は私の「絶対に嫌」を感じ取り、くすりと笑って頷いた。

「わかった。では行こう」

ご理解いただけて何よりだ。

私は筒に入れた二胡を抱え、彼の後ろをついて足早に駆けていった。


皇后選定の儀は、宮廷の大広間で行われる。

北側に位置する最奥には、皇帝・紫釉《シユ》陛下が座っていた。

黒い御簾《みす》に隔てられているので、私たちのいるところから皇帝陛下のお姿は見えない。子どもが座っている、小さな影が見えるだけだ。

そしてその隣、一段低い位置に座っているのが皇帝陛下の叔父にあたる蒼蓮《ソウレン》様。皇帝陛下と同じく、彼もまた御簾に隠されていてその姿も表情も窺えない。

厳かな雰囲気の中、宴は着々と進行していく。

五大家の当主たちが、それぞれに挨拶と娘の披露目を行い、それが終わるとすぐに宴の催しが始まる。

五歳の皇帝陛下に配慮した構成ではあるが、それでも豪華絢爛な宴はそれなりに長い。

幼い姫たちの集中力もそう続くはずはなく、いよいよ選定の儀という頃には五大家の当主たちだけがはりきっていて、娘たちは何ともいえないぼんやりした顔つきになっていた。

かわいそうに、と胸を痛めていると、人の心配をしている場合ではないことに気づく。

父が、私にそっと耳打ちしてきたからだ。

「いつもの二胡はどうした」

傍らにある二胡が、私のものでないことに気づいたらしい。

父が私の二胡を把握していたことにまず驚いたけれど、小さな声で状況を報告した。

「手違いで琴軸が割れました。それで、上級武官の方から宮廷にあったこちらをお借りしたのです」

茜色の筒に目をやると、父はそれを見てピクリと眉を動かす。

私はその顔を見て、叱られると思いどきりとした。

「どの御仁にそれを借りたのだ？」

「お名前は存じませんが、上級武官の方かと……」

そう答えると、父は少しうれしそうに口角を上げた。

心当たりでもあるのだろうか？

「あの、この二胡が何か……？」

「…………」

この二胡に見覚えでもあるの？　それとも、国宝級の二胡を借りられたことが、選定に有利に働くと思った？

父の横顔をじっと見つめるけれど、返事はない。

私の質問は、無視する気ね!?　自分が聞きたいことはもう終わったから、会話はおしまいってこと!?

父はいつもこうだ。傲慢で、高圧的で、娘のことなんてこれっぽっちも考えていない。

右丞相として権力を振るうその姿は、柳《リュウ》家においても変わらない。この人は家長であり、家族ではないのだ。

内心はとても苛立《いらだ》ったけれど、宴の場でそれを顔に出すことはできない。

諦めに似た気持ちで、私はまっすぐに前を見た。

しばらくすると、ついに私の出番が回ってくる。

「柳《リュウ》家より、ご息女、凜風《リンファ》様」

進行役の官吏に名を呼ばれ、私は立ち上がり、皇族の方々に合掌してみせる。

中央まで静々と歩いていくと、数十人の視線がいっきに集まった。

こんなに注目されたことなど、当然ない。身体中の血が沸騰しているのではと心配になるくらい、ドクンドクンと心臓が強く鳴っている。

煌びやかな装飾が眩《まぶ》しいくらいに輝いていて、気を抜くと眩暈《めまい》がしそうだった。

正面にいる皇帝陛下や蒼蓮《ソウレン》様が、御簾で見えないことが唯一の救いだろうか。皇族の方々にまでじっと見られていたら、それこそ弦を押さえる指が震えてしまうわ。

私は深呼吸をして、着席する。

ここからはもう、演奏のことだけを考えればいい。

選んだ曲は、愛おしい人のために身を引き、その背を見送る恋歌。

『誰よりもあなたの幸せを願います』という恋人へ贈る歌でもあるけれど、近年では親が子に向ける愛にも受け取れると、婚礼の儀でも定番になっている曲だ。

この曲を弾いてしまえば、私が皇后になるつもりがないというのは誰だって気づく。己は身を引くという宣言そのものなのだから。

父には悪いけれど、私の想いはこうだ。

どうか、幼い皇帝陛下に幸福が訪れますように。かわいらしい姫たちに、楽しい時間がもたらされますように。私は、あなた方のことを遠くから見守ります。

いつもより丁寧に、心を込めて演奏する。

曲の中盤には、緊張していたことも忘れただひたすらに指や手を動かしていた。

伸びやかな音色。本当にいい二胡を借りられた。

演奏が終わると、私は閉じていた瞼《まぶた》をゆっくりと開ける。大広間はしんと静まり返っていて、穏やかな空気が流れていた。

「ありがとうございました」

あぁ、終わった。

皇后に選ばれることもなく、蒼蓮《ソウレン》様には目通りすらできず、残すところはもう李《リ》家へ嫁ぐのみ。

悔しいけれど、腹を括《くく》るしかない。幸福な人生など、選ばれた一握りの者にしか訪れないものなのだから――

意外にもすっきりした心地で、私は踵《きびす》を返して席に戻ろうとする。

ところがそのとき、御簾の向こうから突然に低い声が発せられた。

「皇帝陛下がお喜びだ。柳《リユウ》家の娘、よい音色だった」

「!?」

驚きのあまり、私はその場でぴたりと足を止める。

振り返っても御簾は下りたままで、けれどそれが蒼蓮《ソウレン》様から発せられた言葉だとはわかった。

集まった者たちも、驚きでざわめく。直接お声かけいただけるなんて思ってもみなかったのは、私も彼らも同じだろう。動揺が広がる中、私はどきどきする胸を押さえ、そっと礼をする。

「凛風《リンファ》様、こちらへ」

案内役の女官がそっと近づいてきて、私を父の隣に連れて行ってくれた。

父は、澄ました顔でいつも通りだ。

その姿を見ていると、ふと疑念が湧きおこる。

父は、本当は何がしたかったの？

じっと横顔を見つめていると、ちらりと私を見た父はいじわるくふんと笑った。

周囲の官吏や大臣からは、私のことを称賛する声が相次ぐ。

――さすがは柳《リユウ》家の姫君だ。その容姿もさることながら、なんと素晴らしい演奏だろう。

――かように思慮深い姫であれば、さぞよき妻となろうな。

私はそのとき気づいた。

父の目的は、皇后の座でも蒼蓮《ソウレン》様でもなかった、と。

もちろん李《リ》家でもない。

皇后の選定の儀に私を出すことで、有力な家の当主たちに私を売り込むのが目的だったのだ。

考えてみれば納得がいく。

皇帝陛下は五歳だし、蒼蓮《ソウレン》様は私との縁談は断り続けていたし、李《リ》家しか現実的な選択肢がないなら、最初から有無を言わせず私を嫁がせればよかったのだ。

何も、こんな場に私をわざわざ出す必要はない。

皇后候補に名乗りを上げる、それはつまり決まった相手がいないと示すこと。これを機に、より有利な縁談を得るのが父の目的だったのね!?

父は蒼蓮《ソウレン》様に私を嫁がせたかったけれど、色よい返事がもらえなかった。

本来ならば、すぐにでも他家に私の売り込みをするべきだ。けれど、こちらから声をかければ足元を見られる。

だから皇后候補に担ぎ上げ、二胡を披露させることでお披露目の場とした。

皇族の前で演奏できるほどの腕前だと、縁談で有利になる。しかもこれだけの衣装を用意できる財力があると、大切に育てた娘だと表明できる。

娘を政治利用する父だとはわかっていたけれど、こんな風に売りに出されるみたいなことをされたらさすがに腹立たしい！

やり場のない怒りで、私は沈黙した。握り締めた拳は、ふるふると震えている。

「よくやった」

父のその一言が、さらに私の怒りを増大させた。

おのれ、強欲な右丞相め……！

この父に人並みの愛情なんてないと、わかっていたのに腹立たしい。

「恨みます」

ほかの人には聞こえないくらい、小さな声でそう呟く。

「何とでも言え」

父は愉快そうに口角を上げて、正面を向く。

続いての演目が始まってもなお、私は静かに怒り狂っていた。

宴の翌朝。

父の目論見《もくろみ》通り、私を嫁にと望む文が届き始めた。

私の部屋には、文に添えて届けられた月季花《げっきか》がそこら中に溢《あふ》れている。この花は伴侶の女性を表す艶やかな薔薇《ばら》で、ほんのり色づいた薄桃色から濃い紅色までその色合いは様々だ。甘い香りが特徴的で、暖地では一年を通して咲くので『ずっと一緒にいてほしい』という求愛の意味を込めて男性から女性に贈られる。

一輪、一束ならばまだしも、これだけたくさんの月季花が届くとさすがにもう勘弁してほしい。

偶然、邸《やしき》にいた兄は使者の相手に忙しく、私は自室に引きこもっていた。

すべてが父の思い通りに進んでいるこの現状が嫌で、私は不貞腐《ふてくさ》れている。

母は幼い弟を連れて花を愛《め》でに出かけ、私のことはそっとしておくようにと使用人たちに告げたそうだ。

父のやり方には、母も思うところはあるようだったが、結果的に良縁に繋《つな》がればそれでよしという気持ちも同時にあると言っていた。

女として思う部分と、母として思う部分はまた別らしい。

現状、縁談がたくさん舞い込んでいるから李《リ》家に嫁ぐ話はなくなったも同然だ。この中から良縁が見つかれば、私の憤りも不満もすべて水に流れるかもしれない。

でも、でも、それでも！　今の私は胸の内がもやもやしていて、怒りのやり場が見つからない。

「はぁ……」

もう何度めになるかわからないため息。寝台の上で、袖や裾がシワになることも構わずだらりと四肢を投げ出す。

使用人が気を利かせ、窓辺にも飾ってくれた月季花が目に入る。

私はそう遠くないうちに、この花を贈ってくれた誰かのもとへ嫁ぐのだろう。

母は北方の騎馬民族の長の娘で、生活様式も文化もまったく異なる柳《リュウ》家へその身一つでやってきた。それに比べれば私は恵まれているとわかるけれど、誰かと比べたところで気休めにしかならない。

枕元には、昨日借りた二胡がある。これを貸してくれた上級官吏の男性は見つからず、ほかの人に尋ねたところ、「お持ち帰りください」とだけ告げられた。

後日、兄を通じて返すことになるんだろう。

気分が晴れないから、二胡を弾く気にもなれない。

すでに陽《ひ》は高い位置にあり、緑の色を鮮やかにした木々は清々《すがすが》しい。それなのに、私は寝台の上で意味なく座り込み、ぼんやりと窓の外を眺め続けた。

まるで、魂の抜け出た人形のようだわ。

そんなことをふと思ったとき、廊下をバタバタと慌ただしく走る音が聞こえてくる。

何事かと廊下の方に意識を向ければ、血相を変えた兄が乱暴に扉を開けた。

「凜風《リンファ》！　急ぎ支度をしろ！」

部屋に飛び込んできたのは、兄だった。その手には、何やら木札を持っている。

見覚えがあるそれは、宮廷からの呼び出しの際に使われるものだ。夜中に兄が呼び出されるときには、これを持った使者がくる。

でも、なぜ私が身支度を？

戸惑う私の腕を強引に摑《つか》んだ兄は、引き連れてきた使用人女性に私の着替えを用意するよう命じ、髪結い師にも声をかける。

「宮廷へ向かう！　凜風《リンファ》に、華やかな装いを！　光燕《コウエン》一の美女に仕上げるのだ！」

「兄上!?」

「いかにも優しそうで純朴そうな姿にしてくれ！　気の強さが微塵も出ないよう！」

「いきなり来てその言い草は酷いです」

使用人たちは、兄に命じられたまま準備に取り掛かる。

「「かしこまりました」」

何がなんだかわからないうちに、私は着替えをさせられ髪を結われ、丁寧に化粧を施された。

準備ができた頃には、兄は牛車の前で待っていて、その手には私が借りた二胡の筒がある。

「兄上？　それを返しに行くということですか？」

代わりに返してくれればいいものを、私まで着飾って宮廷へ向かう必要があるの？

きょとんとしていると、兄は笑顔でそれを否定した。

「これはもう凜風《リンファ》の物だ。蒼蓮《ソウレン》様が、おまえにやると言うてくださった」

「え？　なぜ蒼蓮《ソウレン》様が？」

いえ、わかりますけど、宮廷の二胡だからそれは蒼蓮《ソウレン》様の物といえることもわかりますけれど！

でもなぜ、二胡のことをわざわざ蒼蓮《ソウレン》様が把握しているの？

文化室という宴や催しを管理する部門があるはずで、そういう意味で「なぜ」が募る。

兄は私を牛車に押し込むように乗せ、「詳しいことはご本人からお話がある」と言って扉に手をかける。

「大丈夫、蒼蓮《ソウレン》様はよきお方だ。宮廷についたら、父も私も共に謁見することになっているから心配無用」

「謁見!?」

兄から話を聞けたのはここまでで、扉を閉められ、その姿は見えなくなった。

私は二胡の筒と共に、宮廷へ運ばれるらしい。

蒼蓮《ソウレン》様が、私を呼び出したってこと？

宮廷で、父と共に蒼蓮《ソウレン》様に拝謁する。今のところ、情報はそれだけだ。

皇后に選ばれた、なんてことはどう考えてもない。蒼蓮《ソウレン》様に見初められた？

まさかね……。でも、女好きだっていうからまったくあり得ないことでもない？

「どうしよう」

まさか、いっときの遊び心で慰み者にしようというの!?

女官や使用人が、身分の高い者にいいようにされるというのはよくあると聞く。

いやいやいや、大丈夫よ。いくらなんでも、それなら兄が止めてくれるはず。しかも父同席でというのは、そういうことじゃない証《あか》しよね？

結婚する気もない、でも遊ぶ気もない。その状況で、今日の呼び出し理由は何？

自問自答を繰り返し、宮廷までの道のりで私が思い至ったのは――

まったくわかりません！　ということだった。

宮廷に到着すると、昨日、私の簪《かんざし》を付け直してくれた女官が出迎えてくれる。

「ようこそいらっしゃいました」

恭しく礼をされ、彼女のまわりに控えていた女官たちも一斉に頭を下げる。

え？　何この好待遇。五大家の娘とはいえ、これはいくらなんでもおかしいのでは。

何だか恐ろしくなり、緊張感が増す。

「よ、よろしくお願いいたしますね……？」

何をよろしくなのか？　自分で言っておきながら、言葉の意味がわからない。

私は引き攣った笑みを浮かべ、牛車を降りる。

あぁ、正面には朱色の屋根が輝く本殿がある。昨日訪れた後宮よりもさらに目立つ大きな造りは、とてつもない威圧感があった。

あんなに腹立たしいと思っていた父ですら、早く会いたいと思ってしまう。

「ここからは、私がご案内いたします」

目の前に現れたのは、上級武官の装束を纏った屈強な男性。左目の上に傷跡があり、荒事に慣れていそうな雰囲気がある。

彼は己を麗孝《リキヨウ》と名乗り、謁見の間まで案内してくれると言う。一見すると私が連行されているようにも思えてくるが、多分この人は護衛だろう。

蒼蓮《ソウレン》様の目的は不明だが、宮廷内でわざわざ護衛をつけてくれるなんて、敬意をはらわれているのは伝わってくる。

私は二胡の筒を抱えながら、本殿の中へ入っていった。

厳かな雰囲気が漂う謁見の間、私は父と兄の間に挟まれ、跪《ひざまず》いている。

目の前には、これからやってくる蒼蓮《ソウレン》様が座るであろう椅子。言いようのない緊張感が漂っていた。

一体、何を告げられるんだろう。丁重な扱いを受けたので、悪いことではなさそうだけれど……。

待つこと数分。カタ、と小さな音が鳴り、部屋の奥に見えていた黒い格子扉が開く。

「最高位執政官、蒼蓮《ソウレン》様のお越しにございます」

兄と同じ、黒衣に紫の帯をした上級官吏が主《あるじ》の訪れを告げる。

私は低頭していて、蒼蓮《ソウレン》様の足元だけが視界に入った。

「顔を上げよ。面倒な挨拶は省きたい」

聞き覚えのある声は、一体どこで聞いたものだったか。

それにしても、いきなり顔を上げろだなんて随分と合理的な人だと思った。

普通なら「光燕国《コウエン》を統べる皇族であらせられる〜」から始まる、蒼蓮《ソウレン》様を称える長い長い慣例文を官吏が述べるところから始まるのだが、何もかもを省略するなんて話が早い。

「仰せのままに」

両隣の父と兄がそう声を揃え、すぐさま従うのを感じ取り、私も二人にならって頭を上げる。

すると、そこには椅子に座った見目麗しい男性がいた。

「…………!?」

私は驚きで目を見開く。瞬きすら忘れ、蒼蓮《ソウレン》様だというその方を凝視する。

彼は驚く私を見て、満足げな顔で尊大に微笑んだ。

「柳《リユウ》家の娘よ、昨日はよい演奏だった」

思わず見入ってしまいそうになる、洗練された容貌。涼やかな目がまっすぐに私を見下ろしている。

間違いない。

今は艶やかな長い黒髪を下ろし、長衣に羽織りという皇族らしい姿だが、どう見ても昨日私を乱暴に運んだあの武官と同じ顔だ。

御簾越しに声をかけられたときは突然のことで気づかなかったけれど、声も確かに同じだった。

あのとき蒼蓮《ソウレン》様が隣の間にいて、直々に皇后候補を見定めていたっていうこと？

武官のふりをして？

思い出すと、彼が私を荷物みたいに運んだのに、誰も何も言わなかったのはおかしい。上級官吏の男性も、蒼蓮《ソウレン》様だから何も咎《とが》めなかったんだわ。

知らなかったとはいえ、何か粗相はなかったかと全身から血の気が引いていく。

愕然とする私に向かって、蒼蓮《ソウレン》様は淡々と話を続けた。

「その二胡は、そなたにやる。蔵に安置されるより、誰かに弾いてもらう方が幸せだろうからな」

「は、はい……」

それだけしか、言えなかった。

私が露骨に狼狽《うろた》えていると、父はそんな娘の様子をごまかすように、蒼蓮《ソウレン》様の意識を自身に向ける。

「本日は、お声かけくださり誠にありがとうございます。わが娘に急ぎ知らせがあると伺いましたが、果たしてどのようなことでしょうか？」

父の声色は、明らかに弾んでいた。

蒼蓮《ソウレン》様が私を見初め、妃にしたいとでも言うと思っているのだろうか？

昨日のあのやりとりから、それは絶対にないなと予測できる。

蒼蓮《ソウレン》様は、父が何を期待しているのかわかった上で、とてもにこやかに言った。

その笑顔に、なぜか背筋がぞくりとした。

「あぁ、実に大事な願いがあってそなたらを呼んだ。今日ここへ来てもらったのは、柳《リユウ》家の娘をもらいうけたいと思ってのことだ」

まさかの言葉に、兄も私も絶句する。

父だけは、歓喜に震えながらすぐさま返事をした。

「そ、それは、ありがたき……！」

ところが蒼蓮《ソウレン》様は、父が礼を言い終わる前にそれを遮って告げた。

「そうか、了承してくれるか。それでは、柳凜風《リユウリンファ》を皇帝陛下の世話係としてもらいうける」

「…………………………は？」

一瞬で、父の喜色がさぁっと引く。

呆気《あっけ》に取られる父の前で、蒼蓮《ソウレン》様は満足げな顔で話を進めた。

「任期は、皇帝陛下が政務を行えるようになるまで。もしくは、柳凛風《リュウリンファ》の体調や気持ち次第。退任は早くとも二十五歳を過ぎるだろうから、その先はひとりでも不自由なく暮らせるよう金子《きんす》を用意する」

「え……？」

「当然、二ヶ月ごとに給金も支払うし、衣食住にかかる費用はすべて後宮管理費から支出する。柳《リュウ》家はただ娘を送り出してやるだけでよい」

つらつらと決定事項を並べ立てた蒼蓮《ソウレン》様は、蒼褪める父を前に少しも憐憫《れんびん》の情を見せず、わざと大げさに礼まで述べた。

「此度のこと、誠に助かった。乳母が体調を悪くして、今いる者だけでは心もとなかったのだ。陛下は宴で披露した二胡を随分と気に入られてな、そのお姿を見ていると『これは』と天啓を賜ったような気がしたのだ。かようにできた娘と巡り合わせてくれるとは、右丞相による陛下への忠義心、誠にありがたい！　感謝しておるぞ」

蒼蓮《ソウレン》様と父の顔を交互に見比べると、その温度差は計り知れない。

絶望を滲《にじ》ませる父だったが、かろうじて挙手し、息も絶え絶えになりつつかすかな抵抗を試みる。

「お、お待ち、くだ、さい」

「ん？　何だ？」

「昨日、我が娘にこの二胡をお貸しくださったのは、蒼蓮《ソウレン》様が娘をお気に召したからではなかったのですか……!?　これは詩詩《シーシー》妃の……」

父の訴えに、にこりと微笑む蒼蓮《ソウレン》様。

どう考えてもこの人には勝てない、そう思った。

「それがどうした？　確かにこれは母の物ではあったが、二胡は二胡だ。よい物だから、弾ける者に与えたに過ぎん。それに、この娘を気に入ったのも事実だ。陛下のそばに置きたいくらいにな」

母って、蒼蓮《ソウレン》様のお母様の二胡ってこと!?

確かその方は、先帝様の皇妃として後宮に咲く花と謳われた絶世の美女ではなかったか。すでに亡くなられているとはいえ、皇妃様の二胡をいただいてしまったことが恐れ多くて絶句する。

「娘は、娘は……十七歳でございます。今ならまだしも、世話係を勤め上げた後にどこへも嫁げなくなるのはさすがに親として忍びなく」

この期に及んで娘を気遣うようなことを言う父に、私は呆れた。

だが蒼蓮《ソウレン》様は、そんな戯言《ざれごと》に耳を貸すことはない。

「これほどの美しい娘ならば、どこへも嫁げぬということはあるまい。謙遜するな、光燕《コウエン》一と言っても過言ではないほどそなたの娘は見目麗しいと思うぞ」

どう見ても、光燕《コウエン》一美しいのはこのお方だと思う。

父への嫌味のために過剰に褒められた私は、気まずく思いながらも黙って父の動向を見守る。

「右丞相の娘を想う気持ちはわかった。ならばこの際、本人に尋ねよう。柳《リュウ》家の娘よ、そなたはどうしたい？　世話係のこと、断っても罪には問わぬぞ」

黒い瞳が、ぱちっと私のそれとかち合う。

あぁ、彼は私がどうしたいかを知っている。そしてこの状況をおもしろがっている。

私は、己の口元がにんまりと弧を描くのを感じた。

「わたくしは、皇帝陛下のおそばで仕えたいと思います。大変にありがたいお話でございます」

わざと仰々しく、感謝の意を示しながらそう答える。

「凜風《リンファ》！」

父が久しぶりに声を荒らげた。いつも憎たらしいくらいに威厳ある父が、こんなにも動揺するなんて。よほど私を世話係にしたくないらしい。

兄は無言を貫いていて、蒼蓮《ソウレン》様に逆らう気は毛頭ないのだと感じ取れる。人の好《よ》い兄が反対するお役目であればさすがに即答はできないが、何も言わないということは……。

こうなると、私の選ぶ道は一つだ。

「恐れ多くも、皇帝陛下の世話役になれるなど柳《リュウ》家の誉れにございます。父上、凜風《リンファ》は誠にうれしゅうございます」

にこりと笑ってとどめを刺せば、父は今度こそがっくりと項垂れた。

この場での反対は、無意味だと悟ったのだろう。

それを見た蒼蓮《ソウレン》様は、満足げに頷く。

「では、本日よりこちらへ越して参れ。柳《リュウ》右丞相は帰ってよし！　秀英《シュイン》は兄として妹に付き添うこと。明日は朝から後宮や宮廷内を案内してやれ」

「かしこまりました」

兄は仰々しい態度で返事をした。

「あぁ、通常業務は変わらぬからそこは忘れるなよ」

「え、そこは何とかなりませぬか……？」

「ならん。諦めよ」

兄までが項垂れた謁見の間で、蒼蓮《ソウレン》様は私に目を向けご機嫌な声で言い放つ。

「では、またな」

蒼蓮《ソウレン》様は椅子から立ち上がり、くるりと背を向けて去っていった。

私の宮仕えはあっけなく決まり、すべての目論見がご破算となった父はいつもの威厳も威圧感もどこへやら……。

この後、謁見の間に残された私たち親子に会話はなかった。

宮廷内を静々と歩き、気づけば柳《リュウ》家の家紋が入った牛車の前。

私と兄は、一人で邸へ戻っていく父を笑顔で見送った。

「お気をつけてお帰りくださいね、父上」

「…………」

返事はない。

笑顔の私と、不満げな父の温度差がすごい。

そうだわ。母には、私から文を書いて届けてもらうことにしよう。いきなり今日から後宮で暮らすことになったなんて驚くと思うけれど、娘が決めたことだからと許してくれるに違いない。

「本当によいのか？」

兄は不安げだが、父の監督下から逃れられた私は解放感と未来への希望でいっぱいだった。

「このお勤め、まっとういたします」

そう答えると、兄はもう何も言わなかった。

二人して踵を返し、本殿の向こうにある官吏用の居住区へと向かう。今日はまだ私のための部屋が整っていないため、一時的に身を置く部屋を借りるためだ。

高い青空は清々しく、晴れ晴れとした気持ちで私は歩く。

私たちが本殿の通用門までやってくると、そこにはさきほど会ったばかりの蒼蓮《ソウレン》様がいた。

濃茶色の丸い柱に背を預け、腕組みをしてこちらを見ている。私たちが近づくと、彼はいじわるい笑みを浮かべて言った。

「秀英《シュイン》、見たか？　右丞相のあの顔。この世の終わりが来たかのようであったな」

楽しそうにそう話す蒼蓮《ソウレン》様に対し、兄は小さくため息をつく。

「あれでも父です。私としては複雑ですよ」

柳《リュウ》家の嫡子として育てられた兄には、父の気持ちがわかる部分もあるのだろう。私だって、当主として父が有能であることはわかるもの。

胸中複雑だと嘆く兄の言葉に、蒼蓮《ソウレン》様も思うところがあったらしい。腕をほどくと兄の肩にポンと手を置き、苦笑いで謝罪した。

「すまぬ。今後はなるべく事前に知らせるようにしよう。だから許せ」

「本当ですか？　期待しますからね？」

二人が親しげに言葉を交わすのを、私はきょとんとして眺めていた。

どうやら蒼蓮《ソウレン》様はわりと気さくな方みたいだ。

視線に気づいた彼は、兄から手を離すと私に向き直る。

「そなたを巻き込んですまなかったな。気を悪くしたか？」

昨日とは随分違い、こちらを思いやるような言葉。私個人としては、謝られるようなことは何一つなかったと思っている。

私は笑顔で首を振った。

「いえ、私も少し胸がスッといたしました」

高貴な方の前でいけない、とはわかりつつも、つい本音が零《こぼ》れる。

いつもいつも父に振り回され、抑圧されてきた身としては本当にスッとした。親不孝な娘だわ、と思うのは当然あるけれど、うれしい気持ちも確かにあるのだ。

蒼蓮《ソウレン》様は私の反応を見てあははと明るく笑った後、事の次第を説明してくれた。

「此度の皇后選びは、五大家の当主らが紫釉《シユ》陛下を傀儡にして己が権力を振るおうとしたことがきっかけだった。許嫁を決めておくことに私も反対しないが、李《リ》家の当主が『陛下に友人を作ってはどうか？』と進言してきたことを発端に、いつしか皇后選びを行うことになっていた。私が政務で身動きが取れないうちに、彼らが勝手に事を進めたのは非常に腹立たしくてな」

「まぁ、そんなことが」

私は目を丸くする。友人選びが、いつのまにか皇后選びに……なんて、まるでだまし討ちだ。

蒼蓮《ソウレン》様が怒るのも無理はない。

「各家の当主には、明日にも『皇后選定は保留だ』と書簡を送る。皇后候補の娘たちは、これまで通り各家で暮らすことになるであろう。いくら何でも、皇族でもないのに幼少期から後宮に閉じ込められるなど不憫《ふびん》でならぬ」

彼の言う通り、後宮で暮らすことになればおいそれと外へは出られない。家族と離れ、ただひたすら皇后候補としての教育を受けるのは酷なことだと私も思った。

でも、柳《リユウ》家はともかく他家がそれで納得するかしら？　選定をやり直せと、直訴してくるのではは？

私の心配事を察した蒼蓮《ソウレン》様は、にやりと笑って断言した。

「心配ない。各々の弱みをちらつかせれば、一斉に黙るだろう」

「そ、そうでございますか……」

怖い。笑顔なのに、ものすごく黒いオーラを感じる。

顔を引き攣らせていると、蒼蓮《ソウレン》様はまじまじと私を見て言った。

「だが、皇后選びで集めた娘の中にそなたがいたのは僥倖《ぎょうこう》だった。十七だというから、どんな強欲な娘が来たのかと見に行ってみれば、子の扱いがうまくて驚いた」

どうやら私自身が皇后になりたがっていると、そんな風に思われていたらしい。

けれど、隣室から私の様子を見て、父が無理に推挙したのだとすぐにわかったと言う。

「昨日はわざと怒らせるような発言をした。理屈の通じぬ者を相手にしても取り乱さない冷静さや、自ら頼みごとができるかどうかを判断したかったのだ。良家の娘は偉そうな者が多いからな」

あぁ、なるほど。私があそこで怒ってしまえば、世話係の話はなかったということか。

兄は今初めて昨日の話を聞き、驚きすぎて遠い目になっている。

ごめんなさい、伝えるのを忘れていました……。私は心の中で謝罪した。

晴れやかな青空の下、蒼蓮《ソウレン》様はわずかにそのお顔に憂いを見せる。

「紫釉《シユ》陛下は、父を亡くし、母に去られ、乳母までが病で療養をすることになり気落ちしておられる。でも昨日、そなたの二胡を聴いたときは目を輝かせておられた。もとより、書物や絵が好きな物静かな方だから、そなたが二胡を弾き、そばに侍《はべ》り慰めてやってくれたらと思う」

その言葉や瞳からは、叔父として心から幼い皇帝のことを想う気持ちが感じられた。ご自分の宮に女人を連れ込む女好き、という噂とは違って優しそうな印象を受ける。

話に聞き入り、じっと見つめていると彼は「ん？」と小さく首を傾《かし》げる。

「何か気になるか？」

未《いま》だ意識を飛ばしている兄をちらりと見てから、私は口を開く。

「えーっと、何といいますか……お噂とは違いますね」

どこまで踏み込んでいいのだろうか？

曖昧に笑みを浮かべ、探り探りに言葉を選ぶ。

「噂？　あぁ、手あたり次第、女人を囲う？」

彼は顔色一つ変えず、自身のよくない噂を笑い飛ばした。

そして次の瞬間、私との距離をずいっと詰めて顔を近づける。

「そなたもこっちの方がよいか？　女人を弄ぶ男の方が」

妖艶な微笑みを浮かべる蒼蓮《ソウレン》様にこんなことをされると、勘違いする女性がいるのもわかる。でも私は、この美しい人に愛されたいとは思わないし、お近づきになりたいとも思わない。

両手をそっと顔の前に上げ、これ以上近づかれないように拒絶の意を示す。

「お戯れを。私はこのようなことを求めておりません」

すると、彼はあっさりと姿勢を戻し、口角を上げた。

「それはありがたい。女も男も、わが身を欲する者が多くてかなわぬからな」

女も男も、というところに妙に納得してしまう。

この人の美貌は、さぞ多くの者を惑わせるのだろう。執政宮が人手不足なのは、もしかしてそれが原因ではないかと想像させられた。

もういっそ、誰か決まった人を娶《めと》ればいいのに。皇族が二十四歳で独り身というのは、これまでの慣例からするとあり得ない状況だ。

でも、蒼蓮《ソウレン》様は陛下のことを第一に考えているように思えるから、もしやご自身が誰かと結ばれ、子を持つことでいらぬ火種になることを苦慮しているのかもしれない。

そんなことを考えていると、ようやく正常に戻った兄が指で頬を掻《か》きながら言った。

「蒼蓮《ソウレン》様、わが妹は色事には興味がございません。そのお顔は通用しませんよ」

兄に苦言を呈され、美しいその人はさらに笑みを深める。

「だからこそ、陛下のそばにこの娘を置きたい。それに柳《リユウ》家が陛下の後ろ盾にならざるを得ないこの状況になれば、私を皇帝にしようと考える者も減るであろう？」

「それはそうですね」

兄も、なるほどと頷く。

「これまで私が女好きだと公言してきた甲斐もあり、近頃では紫釉《シユ》陛下しかいないと大臣たちも態度を示し始めた。よいことだ」

光燕国《コウエン》は、信仰上の理由から随分と長く『一夫一妻』と決められている。

愛人を持つ者もいるが、それは決して公にされない。皇后をはじめ、複数の妻（皇妃）を持っていいのはこの国で唯一、皇帝陛下だけだ。

その皇帝陛下ですら、女好きが過ぎると国が亡ぶといわれ、やたらと皇妃を据えることは忌避される。

数代前の皇帝がたいそうな女好きで、国庫を圧迫し、執政が疎《おろそ》かになったから。

そのときのことを教訓に、女好きは皇帝にふさわしくないというのが共通認識だった。

「蒼蓮《ソウレン》様が女好きであれば、紫釉《シュ》陛下に代わって帝位に……という声も小さくなる。だからこのお方はあえて噂を流された」

このことは内密に、と兄が付け加える。

私は素直に頷いた。

「わかりました。命は惜しいですので秘密は守ります」

「そなたは私のことを暴君だと思っていないか？」

蒼蓮《ソウレン》様が、やや口元を引き攣らせてそう尋ねる。

暴君とは思っていないけれど、ただの優しい人ではないと思っている。

右丞相である生粋の腹黒、じゃなかった、私の父を追い詰めていたあのときの表情や態度からは、そこそこ性格が歪《ゆが》んでいるなと感じた。

「ふふっ、まさか、そんなことはございません」

宮廷の頂点に立つ方が、生ぬるいわけはない。しかも皇族で、少年皇帝を守る立場の方だ。非道なことの一つや二つ、三つや四つはしていてもおかしくない。

けれど蒼蓮《ソウレン》様は、違った方向性に勘違いしたらしい。

「もしや、二十五歳まで世話係から解放しないと言ったことを怒っているのか？　嫁にいけぬようになると」

「え？」

そんなことはまったく気にしていない。

私は意外な言葉にきょとんとしてしまう。

蒼蓮《ソウレン》様は困ったように笑い、考えるそぶりを見せる。

「嫁入り云々《うんぬん》に関しては、あれは右丞相への嫌がらせだ。そなたが嫁に行きたくなったら、いつでも許可しよう。さすがに二年は勤めてもらいたいが、無理強いはしない。そうだな、それでも身の振り先が心配だと言うのなら……」

「？」

二年はいくらなんでも短い。そう思っていると、蒼蓮《ソウレン》様はまったく求めていない妥協案を出してきた。

「私の妃にでもなるか？　お飾りだがな」

その笑みは、到底信じられるものではなかった。

からかっている。瞬時にそう判断した私は、間髪を入れずにお断りした。

「ですから、そういうのはけっこうです。意に添わぬ縁談から救っていただけて感謝しています」

「そうか？　私はわりと人気があるぞ？」

さらりとそう言う蒼蓮《ソウレン》様。私は耐え兼ねて笑ってしまった。

「ふふっ、お飾りでも貴方様のお妃になるのは身に余ります。面倒事は嫌ですわ」

嫉妬やしがらみも多そうだ。

断固として拒否する姿勢を示すと、彼はまた一段と笑みを深める。

そして、私の兄に向かってわざと嘆くように訴えかけた。

「秀英《シュイン》、そなたの妹ははっきりと物を言う。気に入った。定期的に罵られたい」

兄は嫌そうな顔をする。

「妹で遊ばないでください」

「まぁ、そう申すな。なかなかに興味深いのだ、己になびかぬ女というのは」

クックッと笑いを漏らす蒼蓮《ソウレン》様は、白い目を向ける兄に「冗談だ」と告げる。

ここでふと本殿の扉の方へ目をやると、明らかに蒼蓮《ソウレン》様を待っている上級官吏の姿があった。執務が立て込んでいるらしい。

蒼蓮《ソウレン》様もそれに気づき、「時間だな」と呟いた。

「では、またな。柳《リユウ》家の娘よ。後のことは、秀英《シュイン》に言《こと》づけておく」

「はい、ありがとうございました」

宮廷は広い。それほど頻繁に会うこともないだろうな、と何となく思った。

私はお礼を言って、頭を下げる。

くるりと背を向けた蒼蓮《ソウレン》様は、颯爽《さっそう》と本殿へ歩いていった。

それを見届けた私たちは、兄妹並んで歩き始める。

「はぁ……。何だか先が思いやられるよ」

兄は嘆くが、今さらそんなことを言われてもどうしようもない。

「腹を括ってくださいませ、兄上」

まだ世話係の仕事は始まってもいない。

私は意気揚々と前を向いた。

第二章　少年皇帝のお世話係になりました

豊かな自然に彩られた光燕国《コウエン》。長きに亘《わた》り繁栄を続けるこの国は、龍神の加護を受けていると言われている。

初代皇帝は、かつてこの地に舞い降りたとされる龍神の化身であったと言い伝えられていて、皇族はその尊き血統を伝える『龍の神子《みこ》』なのだそうだ。

当代の君主は、第十七代皇帝陛下の紫釉《シユ》様。御年五歳の少年皇帝である。

この方は、三十歳という若さで病死した先帝・燈雲《トウウン》様の唯一のお子であり、二年前にわずか三歳で即位した。

今日から私は、その少年皇帝の世話係となる。

「これでよし、っと」

突然の呼び出しから一夜明け、今日はさっそく任命式が執り行われる予定だ。

私は今、後宮の最奥にある采和殿《サイカデン》にいる。

ここは後宮の一角であり、紫釉《シユ》陛下のお住まい、そして私の主な職場だ。女官や宮女が暮らす居住区域もまた、この采和殿《サイカデン》の中にある。

爽やかな空気と、淡い光が窓から差し込む朝。清々しい気分で、真新しい装束に袖を通す。

白を基調とした上品な装束は、紫や桃色の装飾が煌びやかで美しい。これは私が高位の女官だと一目でわかる身分証明書のようなものだそうだ。

裾や袖がひらひらと舞うように揺れるのは美しいが、もっと動きやすい簡素な装束の方がよかった。袖を通してすぐにそんなことを思ったけれど、皇帝陛下に仕える世話係には美麗さや優雅さも求められるらしい。

腰まである長い黒髪は、所作の邪魔にならぬよう後ろ髪の上半分を後頭部で纏め、銀の簪《かんざし》を挿している。

柳《リュウ》家にいた頃と違い、身支度は己ですべて整えるのが後宮の決まりである。

洗濯や掃除、必要な品物の調達などは下級宮女たちが交代でしてくれるので、生活のすべてを己で整えるわけではないが、髪結い師がいない程度の不自由はある。

自分でもある程度はできるけれど、髪だけはやはり本職の彼女たちが結うのと自分で結うのとでは、仕上がりの完成度はもちろん崩れにくさが格段に変わってくる。

「ひとまず、大丈夫よね？」

姿見で髪を確認し、乱れはないか隅々まで目視する。

母譲りの器用さがあって助かった。二胡を弾くのに適していると褒められたこの指の力や柔軟性が、まさか髪結いで役立つとは思わなかったわ。

支度が整ったら、部屋に鍵をかけてそれを住居管理室へ預ける。ここに鍵がある限り、誰がいつ部屋に入ったか、いつ頃掃除をしたかなどが事細かに管理され、不審者や悪意を持つ者が侵入できないようになっている。

今でこそ後宮はかつてないほどの平和を保っているが、皇妃様が幾人もいらした時代には、それはそれは騙《だま》し合って牽制し合って……という状況だったらしく、そのときの名残《なごり》で今も厳重警戒が続いているそうだ。

「おはようございます」

すれ違う女官や宮女たちと笑顔で挨拶を交わし、食堂へと向かう。任命式の前に共に朝食を摂ろう、と兄から言われていた。

とにかく長い廊下を進むと、食堂の前でひと際目立つ兄の姿が目に入る。

妹を待っているだけなら食堂の中で座っていればいいのに、兄はわざわざ入り口近くに立って女官たちに笑みを振りまいていた。

私はじとりとした目で兄を見る。

「やぁ、おはよう。貴女の笑顔が見たさにここまで来てしまったよ」

「まぁ、お上手ですこと……。しばらく文をいただけず、淋しい思いをしましたのよ？」

どこの誰かはわからないけれど、一人の女官と親しげに話す兄。女官の方もただの戯れで、二人とも本気ではないとすぐにわかるが、朝から何をやってるんだと私は呆れてしまう。

兄は私に気づくと、軽く右手を上げて微笑む。

「おはよう、凜風《リンファ》。すっかり女官に見えるな」

私は静々と移動し、兄の正面に立つ。

「おはようございます、兄上。お元気そうで残念です」

「そこは喜んでくれ」

兄と話していた女官は、くすくすと笑いながら食堂へ入っていった。兄が女官や宮女を口説いているのはよくあることで、大きな諍《いさか》いや面倒事にならないのは皆が兄のことは「そういう人」として認識しているからだろう。

情報を得るため、諸事を円滑に進めるためとはいえ、朝からそんな兄の姿を見るのは遠慮したい。

「任命式は、私も付き添うことになっている」

「え、そうなのですか？」

てっきり、玉座の間への案内だけだと思っていた。

驚く私を見て、兄は苦笑いで説明する。

「蒼蓮《ソウレン》様が、『任命式での紫釉《シュ》陛下のご様子を見て来い』と。凜風《リンファ》なら大丈夫だとは思うが、陛下に気に入られなければお役目は返上だからな」

兄の言うことはもっともだった。いくら蒼蓮《ソウレン》様が私を世話係に選んだとしても、陛下ご本人が嫌だと言えばこの話はなかったことになる。

「気に入られたいという気持ちはございますが、無理をして己を偽っても仕方のないことですし、これればかりは運を信じるばかりです」


私は笑ってそう告げると、兄と共に朝食を摂った。

兄は先に食べ終わると、茶を飲みながら皇后選定の儀の結果について話し出す。

「皇后、皇妃の選定はしばらくお預けだ。蒼蓮《ソウレン》様が各家に通達を行い、候補者だった娘たちは皆そのまま生家に留め置かれることとなった」

私は、控えの間で会った姫君たちのことを思い出す。

陛下の妃に選ばれれば、実家を離れて後宮で暮らすことになる。あんなに幼いうちから後宮に閉じ込められるのはかわいそうだと思っていたので、他人事《ひとごと》ながらホッとした。

「それはよかったです。かわいらしい方ばかりでしたので、いずれまたお会いできればいいなと思います」

安堵の息をつく私を見て、兄も穏やかな顔つきになる。

「初夏の宴の際には、あの姫たちも宮廷へやって来るであろう。そのときは、また会えるはずだ」

「それは楽しみでございますね」

その後は取り留めのない話をして、身だしなみを整えて紅を引き直すと、いよいよ任命式が行われる玉座の間へと向かう。

ほんの短い時間だと聞いているが、いざ皇帝陛下に会えるのだと思うと緊張感が高まった。

兄の後に続き、この采和殿《サイカデン》の最奥へ移動する。

等間隔に護衛武官が立っていて、彼らは皆陛下直属の護衛だと兄から聞いた。

「よくお越しくださいました。柳秀英《リユウシユイン》様、柳凜風《リユウリンフア》様」

待機していた官吏の男性に出迎えられ、私たちはひと際大きい漆黒の扉の前に立つ。蝶や花の繊細な模様が彫られたその扉は、私の背丈の二倍はあろうかという大きさだ。

圧倒されていると、官吏から入室を促される。

「中で陛下をお待ちください」

――ギィ……。

屈強な男性が二人がかりで開いた扉の奥には、漆黒の床に金銀の装飾が煌びやかな広い板の間が広がっていた。天井や梁には金銀の装飾が施されていて、その厳かな雰囲気に私はごくりと唾を飲み込む。

いよいよ、陛下にお会いできる。

一歩ずつ足を進め、玉座の間の中央へと向かった。

目の前には、金で縁取られた立派な玉座。龍の飾り細工に、皇帝陛下の威光を感じさせられる。

ただしその足元には小さな黒い筒が取り付けてあり、それが五歳児のための足置きだとわかると仰々しさとかわいらしさが混ざり合って不調和に思えた。

この玉座に、まだ年端もいかぬ幼子が座るのか。一体どのようなお方なのだろう?

兄と並んで陛下の到着を待っていると、それほど時間を置かずして大きな銅鑼《ドラ》が三回打ち鳴らされた。

その音が収まってすぐ、奥にあるもう一つの扉の前に控えていた男性が大声を張り上げる。

「皇帝陛下のお越しにございます!」

私と兄は、その場に膝をついてわずかに頭を下げる。

柔らかな裾が花びらのように床に流れ、黒一色の床に広がるそれは美しく見えた。

「これより、柳凜風《リユウリンフア》の任命式を行います」

官吏による宣言の直後、女官や宮女を連れた少年皇帝が玉座の間へ現れる。

カツカツと響く高い靴音。落とした視線の先には、小さな黒い靴が見えた。陛下は玉座の前までやってくると、踏み台を使ってぎこちなく上り、くるりと身体を反転して腰かけた。

そして、予定通り任命式が始まると思われたが――

「顔を上げよ」

「「!?」」

その言葉に、私と兄はぴくりと肩を揺らす。

聞いていた順序より随分早い。私たちだけでなく、周囲の官吏たちも困った空気を漂わせていた。

しばしの沈黙の後、玉座のすぐそばにいた官吏がそっと陛下に耳打ちする。

――まだ早いです。陛下のご紹介が終わった後で、やり直してください……。

――間違えた、すまぬ。

高く愛らしい声がした。

手順を確認するひそひそ声が聞こえ、それによってこの場に漂っていた緊張感が霧散する。

最初の挨拶を飛ばしてしまった陛下は、その雰囲気から戸惑いが感じられる。

皇帝陛下とはいえ、五歳の少年なのだから間違えることくらいあるわよね。何だか妙に納得してしまい、微笑ましく感じられた。

官吏の男性はこの場を仕切り直し、皇帝陛下を称える慣例文を読み上げる。

「光燕国《コウエン》を統べる皇族であらせられる、第十七代皇帝紫釉《シユ》陛下がここにご顕現なされた。皆の者、その尊きご意思に正しく従い……」

長い長い口上がようやく終わると、今度こそ陛下からお声かけいただくことになる。

「顔を上げよ」

私たちはそれに従い、初めて正面を向く。

「我が第十七代皇帝、紫釉《シユ》である」

玉座には、銀糸の刺繍が艶やかな黒い正装を纏った少年が座っていた。肩より少し長い黒髪は、高い位置で一つに結ばれている。その身体つきはとても華奢《きやしや》で、柔らかな顔立ちは女児にも見えるかわいらしい方だった。

兄は面識があるので無反応だったけれど、私は初めてそのお姿を目にし、想像以上におかわいらしくて驚いていた。

口角を上げてにこにこと笑うその雰囲気は、新しい女官が来たことを喜んでいるように見える。

この方が、皇帝陛下。何て愛らしい少年なのかしら。

うれしくなった私は、自然に唇が弧を描く。

「そなた、名は何と申す？」

事前に聞いた流れの通り、陛下は私に声をかける。

私は少し微笑みながら、ご挨拶をする。

「柳《リユウ》家より参りました、凜風《リンファ》と申します。本日より、陛下のおそばに付くことをお許しください」

私がそう告げると、陛下はパァッと表情を輝かせた。

「わかった、そばにおることを許す。そなた、宴で二胡を弾いていた者であろう？　蒼蓮《ソウレン》がそう申しておった」

数日前のこととはいえ、覚えていてくださったことがうれしい。

私も笑みを深め、「はい」と答える。

それを見た陛下は、満足げな目をして宣言した。

「第十七代皇帝の名において、柳凜風《リユウリンファ》を第一級女官の職に任ずる。本日より、この後宮にて……………心して励め？」

最後は疑問形だったけれど、きっと一生懸命覚えたであろう宣言を言い切って、陛下は安堵の表情を浮かべる。お付きの女官や官吏たちも穏やかな顔つきになり、任命式はつつがなく終了した。

この後は、陛下が退出すれば私もここを出て挨拶回りへ向かう予定になっている。

ところが、陛下は玉座からさっと降りると私の目の前までやってきた。

何か不都合でもあったのだろうか？　私は驚きつつも平静を装う。

「これから朝の散歩に参る。凛風《リンファ》も一緒に参ろうぞ？」

「お散歩でございますか？」

え？　いいのかしら？

少し戸惑うも、皇帝陛下のお誘いを断れるわけがない。

にこにこ笑いかけてくれる陛下は、大きな目で私をじっと見つめている。

「ありがとうございます。ご一緒いたします」

微笑みながらそう告げると、陛下はパァッと表情を輝かせた。

あぁっ……！　何ていうかわいらしさ!!

私はすぐに立ち上がり、衣の裾を一撫《ひとな》でして整える。

一部始終を見守っていた兄は、もう自分の役目は終わったとばかりに一礼をして退出を願い出る。

「紫釉《シユ》様。妹をお預けいたしますので、どうかごゆるりと。私はこれにて失礼いたします」

兄の言葉に、陛下はちらりと目を向けると「うん」とだけ言った。

下がっていく兄とは反対に、私は歩き出した陛下の後に続いて奥の扉から廊下へと出る。

どうやらこちらが皇帝陛下専用の出入り口らしい。控えの間を通り過ぎると、さきほど私たちが通ってきた廊下へ出た。

陛下は、トコトコと小さな足音を立てながら長い廊下を歩いていく。

その背丈は私のお腹あたりといったところで、五歳にしては少し小柄だろう。高い位置で一つにまとめた黒髪が、歩くたびにふわりふわりと左右に揺れて、後ろ姿までもかわいらしい。

それを見ていると、つい頬が緩んでしまいそうだった。

陛下はお気に入りの場所があるらしく、ちらりと私を見上げて言った。

「散歩はいつも鳳凰園《ホウオウエン》から行くのだ。後宮は広いから最初は迷う、と静蕾《ジンレイ》が申しておったからな。我が案内してやるぞ」

澄んだ黒い瞳は、陽に当たると少し青みがかっているように見え、とても美しい。私を案内するのだと意気込むお姿から、お優しい方なのだとも思った。

「それは、ありがとうございます。頼もしいですわ」

私は笑顔でそう返す。

するとここで、共に歩いていた女官長の静蕾《ジンレイ》様が陛下に声をかける。

「紫釉《シユ》様。凜風《リンファ》をどちらに案内するおつもりですか？」

静蕾《ジンレイ》様は皇帝付き女官長であり、陛下の教育係である。昨夜すでに挨拶を済ませ、少し話をさせてもらった。

彼女は、長い髪をすべて後ろで結い上げた楚々《そそ》とした美しい女性で、二十七歳という若さながら後宮に勤めて十年以上経《た》つそうだ。

五大家の中でも柳《リュウ》派でも李《リ》派でもない、中立の立場を取っている高《ガオ》家の出身で、前皇后様の女官から紫釉《シユ》陛下の世話係になられた方である。

前皇后様が訳あって国元へ戻られた後は、乳母と静蕾《ジンレイ》様が中心となり、幼い陛下を守ってきた。

私はまだ後宮に来たばかりのため、この方の指示の下で職務に励むことになると聞いている。

彼女が散歩の行き先を尋ねれば、陛下は目を輝かせて池の方を指差した。

「あっちじゃ！　凜風《リンファ》に魚を見せてやるのだ」

後宮の広い広い池には、コイやフナなど多くの魚がいるらしく、宮廷との境になる林には滝まで造られている。

陛下も女官たちも後宮から出ることはほとんどないが、その敷地は広大で、美しい自然も堪能できるよう整っているから驚きだった。

「陛下は魚がお好きでいらっしゃいますか？」

「あぁ、昨日はエサもやったぞ。亀もトンボもおるのだ」

庭へ出ると、薄灰色の石が敷き詰められた道が続く。池まで歩く途中、静蕾《ジンレイ》様から、陛下は朝餉《あさげ》の後はこうして散歩するのが日課なのだと聞いた。

「凛風《リンファ》！　見よ、あそこに行くのだ！」

陛下が指差した方向には、広い池と石橋、それに四阿《あずまや》が見えた。

ぴょこぴょこと跳ねるように石橋を渡っていく陛下は、こうして見ると本当に普通の少年だ。その表情がくるくると変わる様は、ずっと見ていたいと思うほどに愛らしい。

「紫釉《シユ》様、滑りますよ！」

護衛武官の麗孝《リキョウ》様が、陛下の隣にぴたりと張り付く。彼は私が蒼蓮《ソウレン》様に呼び出されて宮廷へ来たとき、最初に出迎え、謁見の間まで案内してくれた人物だ。

麗孝《リキョウ》様は、代々皇族の護衛を任されてきた一族の長で、二十九歳になったばかり。武官にしては朗らかな笑みを浮かべる人で、柳《う》家《ち》とは親しくできない李《リ》家の分家出身者だそうだが、彼自身は派閥のことは気にしないと公言している。

蒼蓮《ソウレン》様が彼を護衛につけているのは、その腕前だけでなく敵を作らない性格や考え方を評価してのことだろう。

静蕾《ジンレイ》様からの信頼も厚く、「何かあれば彼に報告を」と言われた上、私の兄とも親しく話しているのを見て信頼できる人だとすぐにわかった。

「麗孝《リキョウ》、あれは？」

紫釉《シユ》様が池のほとりで何かを見つけ、中腰になった麗孝《リキョウ》様がそれを確認する。

「あれは、睡蓮《すいれん》のつぼみです。もう春ですからね」

「つぼみ？　花が咲くのか？　いつぞ？」

目を丸くする陛下は、草木や花にも興味がおありらしい。

麗孝《リキョウ》様は、幼子の無垢な問いかけに苦笑いになる。

「いつ？　いつでしょうね？　麗孝《リキョウ》にもそれはわかりませぬ」

「えー」

不満げな顔をする陛下を見て、私はくすりと笑ってしまった。答えてよ、とその目が文句を言っているのがかわいらしく思えて心が和む。

困り顔の麗孝《リキョウ》様の代わりに、私が答えた。

「陛下、春は日ごとに暖かくなりますので、つぼみがついたら二、三日で咲くこともございましょう。明日からもまた、ここへ見にいらしてはいかがですか？」

そう提案すると、陛下は「わかった」と頷く。そしてすぐそばで魚が跳ねたことに気を取られ、パタパタと石橋の上を駆けていった。

私も後を追おうとすると、静蕾《ジンレイ》様がそっと耳打ちする。

「世話係とはいえ、常に手の届く距離にいる必要はありません。幼子は走るものですから、追うのは麗孝《リキョウ》様や武官に任せ、私たちは目に映る場所におればそれでよいのです」

「なるほど……」

確かに、陛下のペースに合わせて走っていたらこちらの体力が尽きてしまう。それに、皇帝付きの女官が走り回るのは品性を損なう、ということもあるだろうな。

追ってくる麗孝《リキョウ》様から逃げる陛下は、まるで追いかけっこをしているようだ。

「あらあら、あなたを案内すると言って外へ出たのに、すっかり遊びに夢中ですね」

静蕾《ジンレイ》様がそう言って目を細める。その雰囲気は、母親のそれにも見えるほど柔らかい。この方は、本当に陛下を大切に想っておられるのだと伝わってくる。

「陛下は、とても健やかにお育ちですね」

四阿《あずまや》で楽しそうに走り回る陛下を見ていると、それだけで私まで心が明るくなるようだ。まだ幼くして即位した皇帝陛下、と聞くとさぞ複雑な事情があってむずかしい環境に置かれているのかと思っていたが、己の心配は杞憂《きゆう》であったとわかり安心した。

「紫紬《シュ》様には、まっすぐにお育ちになってほしいという蒼蓮《ソウレン》様のご意向がありますので」

「蒼蓮《ソウレン》様の？」

静蕾《ジンレイ》様は、そっと頷く。

「あの方は、後宮の醜い部分を見てお育ちになられました。望まぬ諍《いさか》いに巻き込まれることも多かったと聞いています。そのせいか、紫紬《シュ》様にはお心安らかに過ごしてほしいと思っておられるようです」

昨日会ったばかりのあの方を思い出すと、静蕾《ジンレイ》様のおっしゃったことが腑に落ちる。皇族として、執政官としては優秀なのだろうけれど、私の父をやり込める手腕といい、意味深な笑みといい、平穏な環境で育ってきたらあのようにはならないと思った。

きっと、幼少期から色々とおつらいことを乗り越えて来られたのだろうな……。

「あなたを陛下のそばに、と命じられたのも蒼蓮《ソウレン》様です。『右丞相の娘ながらおもしろい』とあのお方がおっしゃっていましたよ？」

くすりと笑う静蕾《ジンレイ》様。

右丞相の娘ながら、というところに蒼蓮《ソウレン》様の皮肉を感じる。それほど父を疎んでいながら、よく私を採用したものだわ。

「紫釉《シユ》様のこと、私からもよろしく頼みます。柳《リユウ》家には幼い子がおられると聞いていますから、よき世話係になってもらえたらと期待していますよ」

「はい……！　陛下のために、力を尽くしたいと思うております」

元気にいっぱいに駆け回る陛下の後を追って歩いていると、気づけば執政宮と通じる回廊が見える場所にまでやってきた。

昔はここに大きな石壁があったらしいが、先帝様の命令ですべて壊して開放的な雰囲気になったらしい。

私たちがいるここからでも、執政宮の建物の一部がはっきりと見えた。陽の光を浴びた朱色の屋根が、明るく輝いている。

「あれは……」

そのとき、執政宮の表にある長い廊下を歩く執政官の集団が目に入った。

濃茶色の衣を纏った下級官吏や武官を引き連れ、蒼蓮《ソウレン》様がむずかしい顔つきで歩いている。

移動する際にも、意見を言い交わしながら歩いているのが見え、その忙しさは並大抵ではないとわかる。

「あ、蒼蓮《ソウレン》」

陛下がぽつりと呟いた。これまで軽快に跳ねていた小さな背中がぴたりと止まり、麗孝《リキョウ》様もそれに続いて立ち止まる。

その直後、陛下は突然振り返ってこちらに走ってきた。

「陛下？」

タタタ……と駆けて来た陛下は、静蕾《ジンレイ》様に抱き着いて顔を埋める。

「紫釉《シユ》様、ご挨拶をしてみては？」

静蕾《ジンレイ》様が優しい声でそう促すも、陛下は小さく首を横に振った。

「今日は、いい」

恥ずかしがっているのか、それとも避けているのか？　状況がわからない私は、ただ二人のそばに立って様子を見守る。

蒼蓮《ソウレン》様はここでようやくこちらの存在に気が付き、笑みを浮かべて右手を上げた。その笑みの麗しいこと、これではうっかりときめく女性も多いだろうなと改めて思う。

そんな蒼蓮《ソウレン》様に対し、陛下はただじっと様子を窺っていた。あのお方に慣れていない、そんな風に感じられる。

昨日話した印象では、蒼蓮《ソウレン》様は陛下のことをとても大事に想っていらっしゃるように思えた。もちろん、今だってそう見える。

けれど、陛下の方はどう見ても他人行儀というか、少なくとも甥《おい》と叔父という関係性には見えないような距離感がある。

蒼蓮《ソウレン》様はすぐに執政宮の中へ入って行き、それを見届けた静蕾《ジンレイ》様はそっと陛下に声をかけた。

「そろそろ戻りましょう。栄《エイ》先生がお越しになる頃ですわ」

陛下はコクンと頷き、さっき歩いてきた道を再び歩いていく。

その小さな背中がどことなく沈んだように見え、私は急いで後を追う。

蒼蓮《ソウレン》様のことが苦手なのか、それとも慣れていないだけなのか？

疑問はあるけれど、今はとにかく陛下に笑ってもらいたい。そんな風に思った私は、わざと明るい声で尋ねる。

「これから来られる栄《エイ》先生からは、何を習っておられるのですか？　私もご挨拶したいので、一緒に行ってもよろしいでしょうか？」

すると陛下は、私を見上げてうれしそうに笑った。

「凜風《リンファ》も来るのか？　それなら我と共に詩を書けばよい」

五歳という年齢を考えると、読み書きを始めたばかりだろう。まだ自分で詩を作るのは無理だから、古い詩を書き写すことで文字の練習をしているのだと思われた。

一緒に書き取りしようとおっしゃる陛下は、学ぶことを楽しみにしているようで、こちらまでうれしくなってくる。

「まぁ、ありがとうございます。私もご一緒したいです」

「そうか！　ならば共に行こう」

きらきらと輝く大きな目。そこにさっきまでの憂いはなく、もうすでに書き取りのことを考えているのがわかる。

「栄《エイ》殿がいるのはこっちだ。書閣《しょかく》に行くぞ」

声に元気を取り戻した陛下は、私の衣の裾をきゅっと握る。

静蕾《ジンレイ》様や護衛武官たちは、その様子を目を細めて見守っていた。


少年皇帝のお世話係になって、早ひと月。

慣れない後宮暮らしに戸惑うことはありつつも、想像以上に平穏な日々が続いていた。

私の仕事は、毎朝陛下を起こすところから始まる。私たち女官の住まいも、陛下の暮らす采和殿《サイカデン》の中にあるとはいえ、その敷地や建物はとても広く、毎朝陛下の寝所まで向かうのもちょっとした散歩のようなものだ。

今日も朝から宮女たちを引き連れ、私は陛下の寝所へ向かう。

「おはようございます、静蕾《ジンレイ》様」

寝所の前へ到着すると、ちょうど同じタイミングで静蕾《ジンレイ》様が向こう側からやって来る。

この方は後宮で最も権威あるお立場だから、私から挨拶をするのは当然のこと。

私がいくら柳《リュウ》家の娘でも、後宮では役職によってその上下関係が明確に位置付けられていて、皇帝付きの女官長は後宮内においては蒼蓮《ソウレン》様に匹敵する権限を持っている。

「おはよう、凜風《リンファ》。あなたのその姿も見慣れてきましたね」

静蕾《ジンレイ》様は、そう言って微笑んでくれた。

私たちは揃って寝所の中へ入り、まっすぐに寝台へと近づいていく。

黒い壁に金銀の装飾がついた落ち着きのある寝所では、五歳の紫釉《シュ》陛下が眠っている。

「おはようございます、皇帝陛下」

やや透け感のある黒の帳《とばり》。その外から声をかけるがすぐに返事はない。

陛下はちょっと朝が弱く、しばらく小さなうめき声を上げるだけで、お目覚めになるまでに少々時間がかかるのはいつものことだ。

大きな寝台に、小さな御身を投げ出してすやすやと眠る姿は普通の少年にしか見えない。その微笑ましい光景に、つい顔が綻ぶ。

「陛下、おはようございます。朝餉《あさげ》の準備ができておりますよ」

私は再び声をかけるが、やはり返事はなかった。

「う〜ん」

静蕾《ジンレイ》様も声をかけること数回。私たちは、目を見合わせて「今日もか」と少しだけ笑い合う。

その後はいつものように静蕾《ジンレイ》様が帳《とばり》の中へ入り、陛下の細い肩に優しく手を添えて声をかける。

「紫釉《シユ》様。起きてくださいませ」

「うん……、わかった。我は起きておる……」

ここでようやく、陛下は身を起こした。まだぼんやりとしていて、放っておくともう一度眠ってしまいそうな雰囲気だ。

眠そうに目を擦《こす》る陛下は、失礼ながらとても子どもらしい。

大人ばかりに囲まれ、臣下の前では堂々とした態度を求められる陛下の姿もここひと月の間に何度も見てきたので、こういうところを見ると少しホッとする。

「おはよう、静蕾《ジンレイ》。凜風《リンファ》」

「「おはようございます」」

私たちは一礼し、声を揃えて再び朝の挨拶をした。

陛下は皇帝になり二年が経つが、当然のことながら執政はすべて蒼蓮《ソウレン》様が担っている。

通常、皇子《おうじ》や皇女《ひめ》は後宮で母と一緒に暮らし、皇族の成人年齢である十歳で母の住む宮を出て生活する。

本来であれば、陛下は即位した時点で本殿の奥で住まうはずだったが、まだ幼く、すぐに居を移すのは心労があるだろうという蒼蓮《ソウレン》様の計らいで後宮暮らしを続けているらしい。

陛下は私の弟・飛龍《フェイロン》と同じ年だけれど、その背格好は一回り小さく、線が細い。一見すると女児と見紛《みまが》うような柔らかな雰囲気の顔立ちで、黒や白、赤や青などはっきりとした色がよくお似合いになる。

寝台から降りた紫釉《シユ》陛下は、桶に入れて運ばれた湯で顔を洗い、身支度用の椅子に腰かけた。

私はその背後に立ち、黒髪に櫛を通していく。

「今日は、龍のひげですね」

式典や謁見など公の予定がない場合は、髪結師がわざわざ髪を結うことはなく、私や静蕾《ジンレイ》様が陛下の髪を結っている。

龍のひげとは、高い位置で一つに結び、毛先をそのまま流す通常の髪型だ。顔の片側に下りる毛束には、赤い玉《ぎょく》のついた髪留めをつければ髪結いは完了となる。

私はそのまっすぐで艶やかな髪を梳かすのが好きで、まだ眠そうな目をしてじっとしている陛下を愛でながらその黒髪を結ぶ。

「さぁ、できました！　お召し替えへ移りましょう」

そう声をかければ、陛下はぴょんと椅子から飛び降りた。髪を梳かされている間に、目は覚めたらしい。

着崩れた寝衣の帯を解き、この日は赤を基調とした前開きの衣装に着替える。襟や袖口の黒い部分には、織細な花模様の刺繍が入っていてとても優雅な意匠だった。

着替えの後は食堂へ移動し、食事のお手伝いをする。

毒見の終わった膳には、身体にいいとされるさらさらの朝粥や煮魚、野菜の和え物や炒め物、甘酢漬けなどいつも複数の鉢が用意されていた。

陛下は大きな椅子に座り、まずは二種類の茶を一口ずつ飲んでから、ゆっくりと食事を始める。好きなものから箸をつけるのが、陛下のこだわりなんだと最近はそのご様子からわかるようになった。柔らかな頬が、もぐもぐと揺れるのを見ているとかわいくて堪らない。

私は陛下のそばに付き添い、汁物やタレでお顔が汚れたときにはそっと布巾で拭う。

ときおり陛下の箸の動きが止まるのは、苦手な食材があってどうしようか迷っているときだ。料理とじっと睨めっこする顔があまりに真剣で、私も宮女たちもさりげなく動向を見守った。

今、静蕾《ジンレイ》様は読み書きの先生を後宮の入り口まで迎えに行っていて、ここにはいない。

陛下はこのひと月で私に随分と慣れたのだが、ちらちらとこちらの顔色を窺っては「残したら怒る……？」と探っているように見える。

私はにこにこと笑ってそれを見守り、陛下が迷った結果ぱくりと食べる様子を見て安堵する。

皇帝といえども、嫌いなものを残すのはダメらしい。

食事に関しては、後宮に来た日に静蕾《ジンレイ》様から「絶対に甘やかしてはいけない」と念を押されている。

食事が終わると、今日もまた朝の散歩へと向かう。

このとき、宮女たちは諸々の準備があるので、ついていくのは私と護衛武官の数名だけ。

廊下や庭など後宮の至るところに護衛の姿が見えて最初は驚いたけれど、紫釉《シユ》陛下は慣れっこのようで特に気に留める様子もなく、私もすぐに慣れてしまった。

「凛風《リンファ》、見よ！　鳥がおるぞ」

「あら、かわいらしいですね。メジロでしょうか」

たわいもない言葉を交わしながら、広い後宮の半分ほどを歩く。ときおり、ふいに走り出すことがあるので気を抜けない。

陛下は五歳にしては物分かりのいい方だと感じるが、興味があるものを見つけると走っていってしまうのは、私の弟の飛龍《フェイロン》と同じだった。

陛下が楽しそうに笑うのを見守り、私はゆっくりとしたペースで庭園を歩く。

「睡蓮が今日も美しいですね」

私が後宮に来た日はつぼみだった睡蓮も、今ではすっかり花をつけて方々にその姿を増やしている。だが、今の陛下の興味はすでに花にはなく、大きな木の上に巣を作った鳥たちに夢中だった。

毎朝散歩に訪れ、ひなが元気かどうか確認するのが最近の日課なのだ。

「一、二、三、四……。今日も皆揃っておるな」

細い枝が密集した鳥の巣は、大人の目線よりもはるかに高い位置にある。木の幹にひっかかるようにして作られた巣を見上げ、陛下は今日もうれしそうにムクドリの親子を数えては安堵したように微笑んでいた。


朝の短い散歩を終えると、すぐに学習時間がやってくる。

場所は、陛下の私室から書閣や学習院と呼ばれる小部屋だ。そこでしばらく勉学に励み、陽が高く昇った頃には昼餉《ひるげ》となる。その後は休憩と午睡《ごすい》を挟み、夕方には軽食を口にしてから大臣らと面会、すべての予定が終了したら夕餉《ゆうげ》を摂って入浴、就寝をするのが日常の基本的なご予定となっている。

「栄《エイ》先生、本日もよろしくお願いいたします」

皇族専用の学び舎である学習院にて、すでに待っていたおじいちゃん先生に挨拶をする。

栄《エイ》先生は仙人みたいな長いひげが特徴的で、永らく文官として勤め上げた方だという。希少な書物を集めた書閣の管理者でもある。

陛下がここで学習している間、世話係の私たちはいったん休憩となる。今度は自分の食事を済ませるのだ。

「それでは陛下、またのちほど」

静蕾《ジンレイ》様と私は、二人で女官用の食堂に移動した。

そこにはすでに私たちの分の朝餉《あさげ》が用意されていて、まだふわりと湯気を立てている。

私は、二人分のお茶を淹《い》れて席に着いた。

「あら、今日はジャスミンの花茶なのですね。心が和みます」

静蕾《ジンレイ》様は、真白い陶器に注がれた花茶を見てうれしそうにそう言った。

花茶とは、茶葉に花の香りを移したもので、今日の茶葉は宮女の一人が生家から届いたものをお裾分けしてくれたそうだ。

私がここに勤めることになってから、柳《リユウ》家からも数々の食材や甘味、調味料などが提供されることになり、そのおかげもあって皆の私に対する態度はとても好意的である。

後宮に持ち込まれる物はすべて入念な検査・管理がなされるため、管理室に持ち込まれたものは二日後以降にしか手元にやってこない。そのため、鮮度が必要な食材などは持ち込めないが、こうして厳重に管理されていることで私たちの安全は保たれている。

「それではいただきましょう」

「はい」

静蕾《ジンレイ》様と私は六角形の机で向かい合うようにして座り、互いの膳に箸をつけた。

後宮に来てからというもの、私は朝夕二回の食事をどちらも静蕾《ジンレイ》様と一緒に摂っている。彼女は話題も豊富で、何より気性が穏やかなので過剰に気を張らずに話すことができてとてもありがたい。

仕事への誇りも持っていて、いきなりやってきた私にあれこれ事細かに教えてくれるなど頼もしい存在だ。

ちなみに、兄がよくここへ顔を出すのは、妹の様子を見に来ているのではなく、静蕾《ジンレイ》様に会いたいから。

兄の中で、静蕾《ジンレイ》様は「天女のような美しい人」なんだそうだ。

まったく相手にはされていないけれど、兄はとても幸せそうに静蕾《ジンレイ》様と挨拶を交わして帰っていく。こうして並んで食事を摂れることを、とても羨ましがられた。

黙々と箸を進める私に、静蕾《ジンレイ》様が青菜の炒め物を見てふと尋ねる。

「紫釉《シュ》様は、今朝これをきちんと召し上がりましたか？」

私はすぐに「はい」と返事をする。

魚や煮物は違うけれど、この青菜の炒め物は陛下の膳にあったものと同じだった。朝は野菜を多めに用意するというのは、後宮でも五大家でも同じらしい。

「ちょっと嫌そうにしておられましたけれど、粥と混ぜて召し上がりました」

思い出すと笑みが零れる。

「そうですか」

静蕾《ジンレイ》様もまた、私と同じく笑みを浮かべる。陛下が嫌そうに食べる様子が目に浮かぶのだろう。

「嫌いなものでも食べなければいけないというのは、皇族でも同じなのですね」

私がそう言うと、静蕾《ジンレイ》様は苦笑いで頷いた。

「いくら皇帝陛下でも、好き嫌いは直していただかなくては。幼少期から好き勝手にできると思い込んでしまったら、先々ご自身が苦労なさいます」

世話係は、もっと何でも言うことを聞くものだと思っていた。

陛下がきちんと生活できるように支え、ときに厳しくするのも仕事のうちらしい。

「まだ五歳とはいえ、この夏より紫釉《シユ》様は食業《しょくぎょう》に入られます。青菜ごときを敬遠していては、先が思いやられますわ」

静蕾《ジンレイ》様は心配そうにそう話す。

この国で食業というと、食事の中に毒性のあるものを少しだけ混ぜ込み、身体に耐性をつけることを指す。

五大家の嫡子たちも行っている訓練だが、皇族は彼らより二年ほど早く、五歳から食業を始めるのだ。

もちろん、陛下本人には告げられない。

食事に対して苦手意識が芽生えないよう、食事に毒が入っていることは徹底的に伏せられる。

「あの、陛下は大丈夫なのでしょうか？　私が口出しするようなことではないと、わかってはいるのですが……」

どう見ても、陛下は普通の五歳より小さくて儚《はかな》げだ。後宮医が分量を判断して取り計らうとは聞いていても、あの小さな身体に毒を入れると思うと不安でならない。

新参者がよけいなことを、と思われるだろうかと躊躇《ためら》いがちにそう言えば、静蕾《ジンレイ》様は優しい笑みで答えてくれる。

「凛風《リンファ》の気持ちはよう理解できます。陛下のことが心配なのでしょう？　その気持ちは、世話係にとても大切です」

「静蕾《ジンレイ》様……！」

「気になったことは、その都度尋ねてくれて構いません。私たちは、紫釉《シュ》様をお支えするためにいるのですから、何となく日々を過ごすよりも積極的に後宮や職務のことを知ろうとしてくれるのはうれしく思いますよ？」

皇帝陛下の女官長は、心が広いらしい。

私みたいな突然やってきた娘にも、真摯に話をしてくれた。

「あなたが案じているように、紫釉《シュ》様はまだ幼く体力もありません。まずは症状の軽いものから始めます。すぐに体外に排出される、人が本来持っている力で抵抗できる毒から始めますので大丈夫です。食後数時間で、微熱や発疹《ほっしん》が出る程度のものだと聞いています」

「そうですか……」

詳細を聞くと、少しだけ理解できた気がした。不安は拭えなくても、どうなるかがある程度わかっていれば行動しやすい。

「かといって、油断は禁物です。微熱が続くうちは、私と凜風《リンファ》、それに数人の女官で夜番も交代で行い、陛下の無事を見守ります。気苦労の多い時期となるでしょうが、よろしく頼みますね」

「はい。しっかりと務めさせていただきます！」

あの愛らしい陛下のためなら、一生懸命に働きます！

私は力強く返事をする。

静蕾《ジンレイ》様はにこりと笑うと、私に食事を勧めた。

「ここでの暮らしは、せわしないでしょう？　すべてが陛下のために、陛下の時間に合わせて物事が進みますから。良家の娘には酷なことと思います。せめて食事くらいは、十分な量を食べておきなさい」

確かに、好きな時間に二胡を弾き、花や景色を愛でる時間はない。けれど、私よりも静蕾《ジンレイ》様の方がよほど忙しく働いている。それなのに私を気遣ってくれるのがうれしかった。

この人のためにも、しっかりとお役目を果たしたい。

そう思う気持ちが自然に湧いてくる。

「ありがとうございます。静蕾《ジンレイ》様のためにも、がんばります……！」

「ふふっ、でも無理は禁物ですよ」

その笑顔を見ていると、心が安らぐ。

兄が「天女」と表現したのは、間違いではないと心の中で深く共感した。


食事を終え、静蕾《ジンレイ》様と共に廊下を歩いていると、ちょうど学習院から戻ってきた陛下が麗孝《リキョウ》様らを従えてこちらにやってくるのが見えた。

五歳とはいえ、腰には刀をつけていて皇帝らしいお姿だ。ただし、私たちを見つけると陛下の顔がぱぁっと明るく輝いて少年らしくなる。

「静蕾《ジンレイ》！　凜風《リンファ》！」

さきほどまでの凜々《りり》しさはどこへやら、駆け寄ろうとするそのお姿に、護衛武官たちが苦笑する。

今はまだそこまで厳しく注意されないが、皇族は十歳で成人の儀を迎えるため、次第にこのような無邪気な様子は見られなくなるだろう。

ずっとこのままでいてもらいたい、と心の中で思ってしまったのは内緒だ。

「紫釉《シユ》様、おかえりなさいませ」

最初に声をかけたのは、静蕾《ジンレイ》様だ。私も続いて、軽く頭を下げる。

「今日はもう書閣《しょかく》へ行ってもよいと、栄《エイ》殿が言っておった！」

陛下はまだすべての文字が読めるわけではないけれど、書閣にある子ども向けの絵巻を読むのを楽しみにしている。

「紫釉《シュ》様、まずは食事をなさってからです。時間はたっぷりありますので」

麗孝《リキョウ》様が、すぐにでも書閣へ行こうとする小さな主人にそう言った。

「わかった。食べたらすぐに書閣へ行くぞ？」

陛下は早足で廊下を歩いていく。

その後に続いていると、麗孝《リキョウ》様は私の隣にやってきて軽い感じで尋ねた。

「凜風《リンファ》、その後オヤジ殿から連絡はきたか？」

彼が丁寧な話し方をするのは、陛下と蒼蓮《ソウレン》様に対してだけ。私には、かなり砕けた話し方をする。

「きましたよ。長い長い文が」

後宮で世話係として暮らすことになった私に対し、父はすぐに文を送ってきた。色々なことが書いてあったが、要約するととても簡単な内容だった。

「陛下を大切にすること、そして、できることなら蒼蓮《ソウレン》様に見初められるよう努力しろ、と……」

それを思い出すと、遠い目になり自嘲めいた笑みが浮かぶ。

「おぉっ、懲りないね。右丞相らしい」

らしい、と言われても。父には、潔く諦めるということを少しは覚えてもらいたい。

私はため息交じりに言った。

「あまりに腹立たしかったので、文は炭窯に入れて燃やしてやりました。さぞいい火種になったことでしょう」

「ははは、良家の娘も大変だなぁ」

仲良く歩く陛下と静蕾《ジンレイ》様の後ろ姿を見ながら、私はぽつりと本音を漏らす。

「私にとって、陛下の世話係は十分に光栄なお役目です。ここなら柳《リユウ》家の娘としてではなく、陛下に仕えるただ一人の女人としていられますから」

思えば、幼少期から自分の好きにできたのは二胡を弾くことだけだった。

柳《リユウ》家の娘である以上、家のためになる行動をせよと常に言いつけられ、どこへ行こうとも私の存在はあくまで柳《リユウ》家の娘でしかない。

衣食住どころか数多《あまた》の物が手に入り、教育だって十分に施してもらえ、恵まれていることはわかっている。ただ、それでも家の力ではなく己のことを必要とされたいと思う気持ちはずっと胸の奥底から消えなかった。

「私はずっとここにいたいのですが」

「ははっ、それはなかなかむずかしいな。俺みたいに、家と疎遠になるんだったらできるんだろうが」

やはり、私が父の娘であるということが一番の問題だった。

「この幸せを手放したくありません」

私に何ができるかはわからないけれど、幼い陛下が健やかに成長していけるよう少しでも支えになれたなら、これほど幸福なことはないと思う。

「ようやく自由になれたのです。しかも仕えるのは、聡明で愛らしい皇帝陛下ですよ？　たとえどこへも嫁げなくても、私は幸せです」

麗孝《リキョウ》様はまるで幼子に諭すように、私に告げた。

「ま、そんなに肩肘張って生きていかずとも、道は次第に開けるさ。まだ若いんだから、そのうち好いた男ができるかもしれないしな。どうなろうと、広い視野で自分のことを見て、許してやれ」

「許す、とは？」

私はきょとんとした顔で、麗孝《リキョウ》様を見上げて問いかける。

「悩みすぎるなってことだよ。何事も天の思し召しだ。自分で道を選ぶのは当然いいことだが、流されるのもたまには悪くない」

そういうものかしら？

私が納得できずに小首を傾げれば、麗孝《リキョウ》様はその反応が予想通りとでもいうかのようにさらりと流す。

「笑って生きてりゃいいことがあるさ、そのうちわかる」

そんなに軽い感じでいいのかしら？

腑に落ちないという心情を顔に表す私を見て、麗孝《リキョウ》様はまた笑った。

第三章　心の距離の縮め方

ある日の午後、陛下の午睡の時刻を迎えた。

まだ幼いとはいえ、皇帝という立場に置かれた以上はその職務を果たさなくてはならず、陽が落ちた後に行われる大臣たちの報告会に陛下も出席する。そのためには、少しの間だけでも眠っていなければ集中力がもたないのだ。

静蕾《ジンレイ》様は執政宮へ向かうと言って陛下のおそばを離れ、私は小さな主と共に寝所にいた。

赤銅色の寝衣に着替えて横になった陛下のそばで、私は椅子に座って二胡を手にする。

ゆるやかな曲を奏でると陛下は眠りにつきやすくなるそうで、私はここ数日と同じように、心が穏やかになる曲を選んで演奏する。

どうか、陛下が健やかに眠れますように。

しばらく弾いていると、ふいに陛下が私を呼んだ。

「なぁ、凜風《リンファ》」

「何でしょう？」

二胡を弾きながら、陛下の呼びかけに応じる。

寝台の方へ目をやると、大きな目がこちらに向けられていた。

「凜風《リンファ》はいつまでここにおる？」

突然にそんなことを聞かれ、私はしばし目を瞬かせる。

「いつまで、とは？」

勤め始めたばかりなのに、期限を聞かれるとは思わなかった。

徐々に眠くなってきている陛下は、少しぼんやりした表情で語る。

「母上は、我を置いて遠くへ行ってしまった。大切なご用事があると言うておられた。でもその代わり、静蕾《ジンレイ》はずっと我のそばにおると申した。我が大きくなっても、ここにおってくれると」

「そうでございますか」

静蕾《ジンレイ》様は、生まれたときからそばにおられる方。これからもずっと、陛下に寄り添っていく方なのだろう。

彼女は、陛下の心のよりどころなんだとわかる。

この広すぎる後宮は少し淋しげな気がするので、陛下にとって真に味方である静蕾《ジンレイ》様の存在は大きいだろうな。

「凜風《リンファ》はどうなのだ？　いつか、いなくなるのか？」

その瞳は、不安で揺れていた。

父も母もいなくなり、体調不良とはいえ乳母までも療養に入ったことで幼い陛下の心は不安定になっているのだと思うと、あまりにおかわいそうで胸が痛んだ。

「ずっとおそばにいられるよう、蒼蓮《ソウレン》様に頼んでおきますね」

何が何でも離れません、と即答できないのが悔しい。悲しいかな、私の処遇は蒼蓮《ソウレン》様次第であり、それがなくても父に委ねられている。

私は今答えられる限りのことを口にした。

ところが陛下は、蒼蓮《ソウレン》様の名前を出すと少し淋しげな顔つきに変わる。

「蒼蓮《ソウレン》は、いいと言ってくれるだろうか？」

自信なげにそんなことを尋ねる。

「ふふっ、いいとおっしゃるまで私が頼みましょう」

泣き落としが通じるような方ではなさそうだけれど、ほかの誰でもない陛下が望んでいると言えば許してくれるのではないか。

だって、あの方は陛下のことを大切に想っているってわかるから。

けれど、陛下の表情は冴えない。

「蒼蓮《ソウレン》は、我をどう思っておると思う？」

「どう、とは？」

普通の甥と叔父ではないのかもしれないけれど、皇族だって肉親の情はあると思った。

きょとんとする私に向かって、陛下は窺うように、縋《すが》るように問いかけた。

「蒼蓮《ソウレン》は、我を嫌ってはおらぬか？」

まさかの質問に、二胡を奏でる指が止まりそうになる。

驚きのあまり、ちょっと間違えてしまった……。

蒼蓮《ソウレン》様が、陛下を嫌う？　そんなことあるわけがない。

私は気を取り直して続きを弾きながら、陛下の目を見てきっぱりと告げる。

「それはあり得ません。蒼蓮《ソウレン》様は陛下を嫌ってなどおりませぬ」

「なぜそう思う？」

「先日お話したときに、陛下のことを大切に想っておられるのだと感じました」

嫌いなら、陛下が二胡を気に入ったからと私を世話係にしないだろう。適当な理由をつけて、後宮の隅に追いやるかあるいは――

いやいやいや、最悪の事態は物語の中だけと思いたい。

「我は知っておる。紫釉《シユ》がいなければ蒼蓮《ソウレン》が皇帝になれたのだ。爺《じい》たちが申していたぞ」

「爺《じい》？」

「李《リ》の左丞相や官吏たちだ」

陛下は、李《リ》家の当主とその部下たちをひとまとめに爺と呼んでいるらしい。

確かに、左丞相は私の父よりいくつか年上で、総白髪なので見た目は随分と老年のように見える。

それにしても、陛下に聞こえるところでそんな話をするなんて……！

私は苛立ちを覚えた。

「蒼蓮《ソウレン》が皇帝になりたいのなら、我は邪魔であろう？」

薄灰色の掛け布を、小さな手がきゅっと握り締めているのが痛ましい。

私は二胡を弾く手を止め、その小さな手に自分のそれをそっと重ねる。

「大丈夫です。蒼蓮《ソウレン》様は、陛下のことが大好きですよ。忙しくてなかなかお顔を出せずにいますが、陛下のことを守ろうとしておいでです」

もしも彼が本気で帝位を欲したのなら、すでにそうなっているだろう。父もなく、母もいない、陛下の家族は蒼蓮《ソウレン》様だけなのだから。

私は何を知っているわけではないけれど、逆にいえばそれほど親しくなくとも想いが伝わるほどに愛情深いのだと信じたい。

陛下は目を丸くして、少し前のめりで私に言い募る。

「真《まこと》か？　蒼蓮《ソウレン》は我を好きか？」

「はい。真にございます」

「そうか……」

「ええ」

私がにこりと微笑むと、陛下も少し恥ずかしそうに微笑み返す。

「さぁ、陛下。そろそろお休みにならなければ」

そう言って手を離すと、陛下は小さな声で「うん」と頷いた。

そして、掛け布を顎のあたりまでしっかりと被ると、ちらりと私を見る。

「我のことは紫釉《シユ》と呼べ。凜風《リンファ》」

「え？　よろしいのですか？」

お許しが出た。

私は驚き、確認する。

「なぜ凜風《リンファ》は我を『陛下』と呼ぶのかと麗孝《リキョウ》に問うたら、『許しがなければ御名で呼ぶことはできません』と言われたのだ」

「あぁ、そういうことでしたか」

許しが必要だと、紫釉《シユ》様は気づいていなかったのね。

私はつい笑みを零す。

「それでは、今このときより紫釉《シユ》様と呼ばせていただきます」

「あぁ、そのように頼むぞ」

満足げに口角を上げた紫釉《シユ》様を見ると、皇帝らしくあろうとする姿がまたかわいらしく、私は目を細める。

「おやすみなさいませ、紫釉《シユ》様」

穏やかに、優しく二胡を奏でる。

それからしばらくして、ふと寝台に目をやった私は紫釉《シュ》様の健やかな寝顔を愛でることができた。


すっかり寝入った紫釉《シュ》様のお顔を見届け、戻ってきた静蕾《ジンレイ》様と入れ替わりで寝所を出る。

内扉の前には、護衛の麗孝《リキョウ》様が立っていた。

「休憩か？」

「はい。紫釉《シュ》様の午睡が終わるまでは」

私が陛下を御名で呼んだことに気づくと、麗孝《リキョウ》様はニッと笑みを深める。

私は微笑みながら会釈をして、長い廊下を歩いていった。

陛下の居住区を抜け、突き当たりの角を曲がると、石壁の向こうに執政宮の朱色の屋根が見えた。

私の仕事は後宮内だけですべてが片付くので、執政宮へ行くことはないし、通行許可証もない。

紫釉《シュ》様には、私がずっとここにいられるように蒼蓮《ソウレン》様に頼んでみると言ったものの、兄が今度ここへ顔を出すときに文を言づけるくらいしかやれることはなさそうだ。

今すぐ走って行って、蒼蓮《ソウレン》様に話ができないのが悔しい。

とにかく文を書いてみようか、そう思って自室に向かっていると突然庭先から声がかかった。

「柳《リュウ》家の娘ではないか。元気にしておるか？」

「――っ！」

ビクッと肩を揺らして庭を見れば、そこには出会ったときと同じ武官の装束を着た蒼蓮《ソウレン》様がいた。

一つに結んだ黒髪がさらりと揺れ、気を抜けばぼんやり眺めてしまいそうになる美しさだ。

「なぜ庭から⁉　まさか壁を乗り越えてきたのですか⁉」

驚いて問い詰めるように尋ねると、彼はあははと軽く笑いながらこちらに近づく。

「さすがに壁を越えてはいない。通路があるのだ、専用の。そなたにも教えてやろうか？」

そんな風に気軽に言われても。

私は右手を前に出し、きっぱりと断りを入れる。

「いえ、不要です。よけいな秘密は持たぬ方がいいと思いますので」

それを聞いた蒼蓮《ソウレン》様は、一瞬だけ驚いた表情をした後、なぜかぷはっと噴き出した。

「ははっ、相変わらずだな、そなたは。息災で何よりだ」

それはそうと、なぜここに蒼蓮《ソウレン》様がいるのか。しかも武官のふりをして。

考えていることが顔に出ていたらしく、蒼蓮《ソウレン》様は私が聞かずともその理由を語り出した。

「気晴らしと、調査を兼ねてこうしている。宮廷の中だけでなく、街へ行くこともあってな」

「そうでございますか」

「今日は、静蕾《ジンレイ》にこれを預けようと思うておったが、そなたに会えたのはちょうどよかった」

彼はそう言うと、懐から折りたたんだ四角い布を取り出した。

厚手の黒い布でできた袋だった。それを私に押し付けるように渡すと、口の紐を抜き、その中身を見せる。

「蜜菓子だ。飴のように見えるが、口に入れると――」

花びらの形の小さな菓子を、蒼蓮《ソウレン》様は指でつまんで私に見せた。

何があるのか、とじっとそれを見つめると、突然それが唇に押し当てられる。

「んっ!?」

「どうだ？　一瞬で柔らかくなるだろう？」

口内に甘くねっとりしたものが広がり、私は物珍しさからそれを舐《な》め続ける。

餅や団子ほど弾力がなく、柔らかな食感はハチミツを食べているかのようだ。

「おいしい……です」

「そうだろう？　これを紫釉《シュ》陛下にも食べさせて差し上げたいと思ってな。街に出たついでにもらってきたのだ」

紫釉《シュ》様が食べる菓子を、私が先に口に入れてもいいのかしら？

ちょっとどきりとしたけれど、すぐに納得した。

「毒見は私がしたということでよろしいです？　手間が省けますね」

さすが、合理的な蒼蓮《ソウレン》様だ。

そう感心して満足げに微笑むと、彼はじとりとした目で私を睨む。

「すでに毒見など済ませたわ。そなたにそんな酷なことはさせせん」

「まぁ、意外にお優しいのですね」

私は蒼蓮《ソウレン》様の手から紐を受け取り、再び袋の口を縛る。

「これは静蕾《ジンレイ》様と紫釉《シユ》様にお渡しいたします。ありがとうございます」

「あぁ、そうしてくれ」

受け取った菓子は、蒼蓮《ソウレン》様が紫釉《シユ》様のためにわざわざ差し入れてくれた物。このことを知れば、きっと喜ばれるだろうな。

ご自身で手渡せばいいのに、と思うけれど、おそらく紫釉《シユ》様が起きる時間までは余裕がないのだと予想はつく。

お二人がゆっくり過ごす時間がないことを残念に感じた私は、せめて紫釉《シユ》様のお気持ちや希望を伝えておかねばと思った。

「あの、実は蒼蓮《ソウレン》様にお伝えしたいことがございます」

私が真剣な声でそう告げると、蒼蓮《ソウレン》様も纏う空気を変える。

「何か問題でもあったか？　申してみよ」

その顔つきは、さきほどまでとは違って頼もしい執政官のそれだった。

「紫釉《シユ》様に『いつか、いなくなるのか？』と問われまして……」

窺うような目を向ける私に対し、蒼蓮《ソウレン》様はすべてを悟って「あぁ」と呟く。

「静蕾《ジンレイ》様と同じように『私もずっとおそばにおります』と伝えたいのですが、どうにも私にはその権限がなくて困りました」

「そうであろうな。陛下が子どもとはいえ、そのあたりをごまかすと後々の信頼関係に響く」

「ですよね。なので、皇帝陛下の世話係として永続雇用をしていただきたく存じます」

「おぉ、永続雇用ときたか」

私はじっと蒼蓮《ソウレン》様を見つめる。

彼は少し困ったような顔になり、腕組みをして頭を悩ませた。

「平民出身の下働きの者はともかくとして、女官やそば仕えの者たちは嫁げば退職というのが慣例だ。もしくは静蕾《ジンレイ》のように、生家とは関係を絶ち、後宮にその籍を移すか……。現状、そなたの籍は柳《リュウ》家にあるから永続雇用をするなら右丞相との話し合いが必要になるな」

「後宮に、籍を移す？」

そうか。皇后や皇妃に付き従う女官は、家から離れてそれぞれの仕える主人の持ち物として登録される。静蕾《ジンレイ》様は前皇后様の女官になったときに、生家から離れたのだとか。

その後、前皇后様が国元へ戻られることになり、さすがに連れてはいけないということで後宮に籍が残ったという。

一度家を離れると、二度と戻ることはできない。

紫釉《シユ》様が彼女を手放すと言わない限り、永続的に皇帝陛下付きの女官長として勤めることができる。

できることなら、私もそうしたいところだけれど――

「さすがに父がそれを許すとは思えません」

「そうだな。右丞相はいずれそなたを家に戻し、他家に嫁がせるつもりであろう」

たとえば柳《リユウ》家にほかの娘がいたのなら、私一人くらい諦めてくれたかもしれない。だが、現実として娘は私一人なのだ。他家との繋がりを広げる、権力をより拡大するためには、よき駒となる私を手放せないことは予想がつく。

落ち込む私を見て、蒼蓮《ソウレン》様は苦笑いで言った。

「数年の後、そなたの兄が家督を継げばまた変わるかもしれん。秀英《シユイン》とて、そなたを永続雇用となればすんなり了承するとは思えぬが、右丞相よりは可能性があると思うぞ。世話係として永続雇用する件については、私も心に留めておく」

「ありがとうございます……！」

パァッと表情を輝かせる私。

父をやり込めたこの人なら、何とかしてくれるかもしれない。期待に満ちた目を向けると、蒼蓮《ソウレン》様はまた声を上げて笑った。

「そなたは感情がすぐに顔に出るな」

「はっ、これは失礼を」

子どもじみていると思われただろうか。

居心地が悪くなり、私は視線を落とす。

「気にするな。ここはかつて騙し合い、化かし合いが大いに行われていた後宮だ。そなたのような者が健やかに働けるということは、悪しき時代が終わったのだと安心できる」

「ありがとうございます。そうおっしゃっていただけると救われます」

苦い記憶があるんだろう。蒼蓮《ソウレン》様の憂いを帯びたその目からは、多く語らずとも胸のうちが感じ取れた。

その様子を見て、私は紫釉《シユ》様の不安げなお顔が脳裏をよぎる。

「あっ」

「なんだ？」

「もう一つお願いが、いえ、あの相談がございます」

「ふむ……？」

紫釉《シユ》様にとって、きっと蒼蓮《ソウレン》様はかけがえのない人だから、少しでも二人が近づけたのなら。

私は蜜菓子の袋を握り締め、寝所でのことを話し始めた。

■■■

——蒼蓮《ソウレン》、あなたは皇帝になるのよ。

後宮の片隅で暮らす皇子は、虚《うつ》ろな目でそう繰り返す母が苦手だった。

(八つ上に異母兄がいて、しかもあちらは皇后の子だ。私が皇帝になるなど、無理に決まっている。なぜ母上はそんな簡単なことがわからないのだろう)

子を産んでから、一度も渡りのない皇帝を待ち続ける母は次第に病んでいった。

皇妃の立場は皇帝の寵愛がなければ不安定で、どれほど着飾り、贅沢な暮らしをしてもその心は慰められない。

亡き母を思い出すと、彼女はいつだって歪《いびつ》に笑っている。その赤い唇だけが、やけに目に焼き付いていた。

凛風《リンファ》から紫釉《シユ》の不安について話を聞くと、もう何年も忘れていた母のことが蒼蓮《ソウレン》の脳裏に浮かぶ。

最期のときまで、わが子こそ皇帝にふさわしいと妄言を繰り返していた母のことが——

(母が存命でなくてよかった。まだ生きていたら、紫釉《シユ》陛下を追い落とそうとするに違いない)

争いごとは悲劇しか生まない。よほどの愚王でない限り、血筋の正当性を以《もっ》て跡継ぎを決めることがもっとも効率的だ。

(己の欲望を満たすためだけに笑みを向ける者ども……何とおぞましいことか)

華美なのは表向きだけで、愛憎渦巻く後宮などいっそ朽ちてしまえばいいとすら思っていた。

それなのに、今あそこには屈託のない笑みを浮かべる娘がいて、幼い皇帝のことを守るべく暮らしている。

(まさか、あのように平穏な場所になろうとは)

蒼蓮《ソウレン》は己がそうしたことも忘れ、驚きと困惑を抱いていた。

「遅いですよ、蒼蓮《ソウレン》様！　どこで遊んでいたんですか！」

執政宮へ戻ると、部下の柳秀英《リユウシユイン》がさっそく泣きついてくる。

影武者を頼んだ時間を大幅に過ぎていたので、大臣らにバレないかひやひやしていたのだろう。

「遊んできたわけではない。あぁ、帰りにそなたの妹に会ったぞ」

笑顔でそう告げると、彼は目を丸くする。

「凜風《リンファ》にですか？」

「そうだ。陛下への土産《みやげ》を預け、近況報告を受けた」

足早に廊下を進むと、一歩後ろから秀英《シユイン》もまたせかせかとついてくる。

ここは執政宮でも許可のある一部の者しか立ち入れない区域のため、こうして蒼蓮《ソウレン》の衣装を着た秀英《シユイン》が歩いていても、皆は気にも留めない。

「柳《リユウ》家の娘は随分と紫釉《シユ》様に気に入られたらしい。本人もいたく世話係を気に入っている。永続雇用を願い出てきたほどにな」

この発言に、秀英《シユイン》はあからさまに眉根を寄せて困惑の色を滲ませる。

それもそのはず、凛風《リンファ》が気にしていたように、父である柳《リュウ》家の当主が許すはずがないからだ。

ただ、困り顔のわりに、彼の口から出た言葉は妹の様子に安堵しているようでもあった。

「あの子は、笑《わろ》うていましたか……」

兄として思うところがあるのだろう。蒼蓮《ソウレン》は視線をちらりと彼に投げる。

「凛風《リンファ》は、ご存じの通り柳《リュウ》家のただ一人の娘です。父の野心に付き合わされて、昔から気苦労が絶えませんでした。本人の性格が気丈なゆえ、あのように元気にしておりますが、ロクに庇ってもやれぬ兄としてはあの子が今幸せならそれを守ってやりたいと思う気持ちはあるのです……」

すべては家のために。己の存在価値はそのためにあると教わってきた兄は、父の主張することの正統性も感じていた。

ただし、兄として妹の幸せを願う気持ちは当然ある。

（秀英《シュイン》は優しすぎる。この執政宮でも、こやつが〝最後の良心〟といえるところがあるからな……）

「凛風《リンファ》は『父に反抗したところでどうにもならぬ』とわかっていながら、私と違い諦めが悪いところがありまして。皇后候補の選定前には、水をかぶって風邪を引こうとしていたんです。猪《いのしし》よりも丈夫な娘ゆえ、あの場に参加できてしまいましたが……」

本人が宮仕えを希望していたとしても、やはり良家の娘の幸せとされる結婚もしてほしいと秀英《シュイン》は言外に滲ませる。

その様子を見た蒼蓮《ソウレン》は、兄妹というのはむずかしいものだなと思った。

だが、柳家《リユウ》のことは柳家《リユウ》の者にしかどうすることもできない。五大家という皇族の権力が及びにくい名家だからこそ、それぞれに事情があるのだろうと内心で片づける。

ただし、嘆く秀英《シュイン》の恨み言はこちらにも飛んできた。

「蒼蓮《ソウレン》様が妹をもらってくだされば、万事収まるのですが？」

「……」

「そもそも凛風《リンファ》は、あなた様の妃にと父が教育を施してきたのですよ？　これまで許嫁がまったくいなかったわけではありませんが、この国で最も高貴な方がいつまでも独り身だから、父がなかなか諦めないのです。紫釉《シュ》様の周りが落ち着いたら、いよいよ蒼蓮《ソウレン》様が誰かと結婚してくれればうちの心配事も一つ減るのにな〜、どうでしょうかね〜？」

「…………」

蒼蓮《ソウレン》は、聞かなかったことにした。

突き刺さる視線を無視し、歩みをさらに早める。

「右丞相のことは、しばらく放っておけ。柳家《リユウ》の娘が紫釉《シュ》陛下のそばにいることが国のためになるなら、私が動く。それにまだ後宮へ来たばかりだ、妹の好きにさせてやれ」

長い廊下を進んでいくと、菖蒲《しょうぶ》の模様が彫られた大きな扉が見える。

蒼蓮《ソウレン》が近づくと、何も言わずとも官吏がそれを開き、二人は室内へと入っていく。

秀英《シュイン》は薄青色の衣を脱ぎ始め、衝立《ついたて》の奥にある籠に入れてあった自分の服に着替え始めた。

蒼蓮《ソウレン》は続き間へ行き、武官の衣装の紐を解き、皇族として大臣らを迎えるために黒の衣装に着替える。

その途中、ふと指先から甘い蜜の香りがすることに気づき、凜風《リンファ》から受けた報告のことを思い出した。

（紫釉《シュ》陛下が、まさかあのようなことを思っているとは）

二年前、兄である先代皇帝が亡くなり、まだ三歳の甥をどうにか順当に即位させようと蒼蓮《ソウレン》は手を尽くしてきた。

寝る間も惜しんで政務に明け暮れ、混乱を機に内乱を起こそうとする勢力についても厳しく罰して取り締まった。

紫釉《シュ》陛下こそがこの国の皇帝なのだと、まずは蒼蓮《ソウレン》が臣下としての態度を見せることで他の者に示した。

公の場では常に陛下を立て、さらには幼い紫釉《シュ》にも皇帝らしく振舞うことを厳しく求めた。

だが、その結果、紫釉《シュ》陛下に「蒼蓮《ソウレン》に嫌われている」と不安を抱かせていたとは。

しかも、李《リ》派の動きもそれを助長していた。

――ガンッ！

左手を壁に叩《たた》きつける蒼蓮《ソウレン》。

その音に驚いた秀英《シュイン》が、慌てて扉の隙間から顔を出す。

「い、いかがなさいました!?」

「………クソ爺どもめ、どうやら死にたいらしい」

振り返った蒼蓮《ソウレン》は、ギラギラとした目で薄ら笑いを浮かべている。

秀英《シュエイン》は顔を引き攣らせ、ただごとではないと生唾を飲み込んだ。

羽織りを乱暴に纏った蒼蓮《ソウレン》は、執務机のある部屋へと向かう。

「紫釉《シユ》陛下の信頼を回復する必要ができた。李派《リ》がいらぬことを吹き込み、『我がいなければ蒼蓮《ソウレン》が皇帝になれたのに』と、しかも『蒼蓮《ソウレン》に嫌われているのではないか』とも柳家《リユウ》の娘に話したそうだ」

「それはまた……」

子どもといえど人の心は複雑で、拗《こじ》れると修復はむずかしい。

しかもそこに付け入る者が現れたら……、蒼蓮《ソウレン》はすぐに予定変更を告げる。

「明日の朝より、陛下と食事を共にする。食業が始まってからも、しばらくは毎日様子を見に行くつもりだ」

「はっ、報告会と官吏上申《じょうしん》の場は時間を調整いたします」

「よろしく頼む。……これまで忙しさを理由に後宮から足が遠のいていたが、顔を合わせるのが報告会だけでは、陛下との関係性を深めることはできない。臣下としてでなく、叔父として過ごす時間が必要だ」

席に着き、すでに明日のための調整に入る蒼蓮《ソウレン》はその手に握る筆を動かしている。

秀英《シュイン》も扉の向こうに待機していた伝令係に用事を告げ、各所への根回しを始めた。

再び部屋に戻ってきた彼は、書き物をしている主の手がぴたりと止まったことに気づき、不思議そうに尋ねる。

「どうかなされましたか？」

「…………いや」

少しだけ顔を上げ、ちらりと秀英《シュイン》を見る蒼蓮《ソウレン》。

しばしの沈黙の後、やけに真剣な顔つきで言った。

「紫釉《シュ》陛下と何を話せばいい？」

「は？」

「叔父として向き合う時間が必要だ、とは思うのだが、五歳と一体何を話すというのだ？」

「…………」

執務室に静寂が広がる。

書物や文を整理していた官吏見習いたちも、一斉にその動きを止めて息を殺していた。

学問や交渉に長ける彼らの中に、蒼蓮《ソウレン》の問いかけに答えられる者はいない。

一瞬にして凍り付いた空気を感じ、秀英《シュイン》は思った。

これは早急に、妹に連絡を取らねばならない、と——

■■■

紫釉《シュ》様は、毎朝決まった時間に朝餉《あさげ》を召し上がる。

そのときそばにいるのは、給仕専門の使用人女性二名と静蕾《ジンレイ》様、私という少人数の世話係だ。

いつもの風景に突如として現れた蒼蓮《ソウレン》様。紫釉《シュ》様は、呆気に取られていた。

「おはようございます、紫釉《シュ》陛下。本日より朝餉をご一緒いたします」

「おはようございます……？」

笑顔でやってきた蒼蓮《ソウレン》様は、いつもよりは少し簡素な衣装で、長い髪を高い位置で一つに結い、

「これは非公式な時間ですよ」とアピールする姿で現れた。

昨夜のうちに、朝餉をご一緒するという予定は伝わっていたのだが、事情が飲み込めない紫釉《シュ》様は「??」となっている。

紫釉《シュ》様にとってみれば、なぜいきなり蒼蓮《ソウレン》様が朝餉の席へ来たのかまるで見当もつかないのだ。

「聞いてはいたが、本当に来るとは思っていなかった」という風に見える。

私の報告を受けた蒼蓮《ソウレン》様がさっそく行動に移してくれたことはうれしく思うものの、妙な緊張感が漂っていてこちらも緊張してしまう。

兄から届いた文によると、蒼蓮《ソウレン》様は紫釉《シュ》様からの信頼を回復したいと思っているとのこと。「お

まえがしっかり支援するのだぞ」と書かれていたが、皇族の食事中に私ができることって何？

仲良くなりたいのなら、会話を重ね、大切に想っているという気持ちを伝えていくしかないような……。

お二人は席に着き、さっそく並べられた食事に手を付け始める。

「蒼蓮《ソウレン》」

「何でしょう？」

はまぐりと根菜の汁の入った椀に口をつけた後、紫釉《シユ》様が上目遣いに叔父を呼んだ。その瞳には、混乱と窺うような心が浮かんでいる。

「どうして朝餉を一緒に食べるのだ……？」

あぁ、五歳が遠慮がちに……!!

壁際に控えている私と静蕾《ジンレイ》様は、もどかしい気持ちで見守る。

蒼蓮《ソウレン》様はおおげさなほどににこにこと微笑んでいて、まっすぐに紫釉《シユ》様を見て答える。

「紫釉《シユ》陛下に、会いたいと思ったからです」

「────っ!!」

花びらでも舞っているかのような美しい笑みと優しい言葉に、給仕の女性たちが一斉に胸を押さえて苦悶の表情を浮かべた。

静蕾《ジンレイ》様が、そっと彼女たちを扉一枚隔てた奥へ促す。

これ以上は危険と判断したらしい。

一方で、紫釉《シュ》様はきょとんとしている。

「我に、会いたい？」

戸惑いが見て取れる。

紫釉《シュ》様の混乱ぶりを見ていると、私が想像しているよりも二人の関係は溝ができていたのかもしれない。

うちの飛龍《フェイロン》なら、会いたいと言われると素直にそれを受けとめ、疑いもしないだろうな。

だって、五歳という年齢ならまだ自分が皆に愛されて当然だと思っているから……。

でも紫釉《シュ》様のお心は、蒼蓮《ソウレン》様に嫌われているかもしれないと揺れている。

いきなり朝餉を一緒に、とやって来られても、「なぜ？」と疑問に思うのは仕方ないし、会いたかったと言われても信じていいのかわからないんだろう。

「「…………」」

もしかして、会話は終了なの？

長い長い静寂の後、二人は目の前にある料理に箸をつけ、黙々と食べ進める。

ちらりと隣を見ると、静蕾《ジンレイ》様が蒼蓮《ソウレン》様をじとりとした目で見ていた。

何か話しかけなさい、とその目が言っている。何しに来たんですか、とも言っているような気がした。

気づきたくなかったけれど、もしや蒼蓮《ソウレン》様は子どもの相手が苦手なの？

単に経験不足なだけで、不得手ではないと願いたい。

しばらくすると、さすがに蒼蓮《ソウレン》様も「これはまずい」と思い始めたのか、その表情に少し焦りの色が滲み始めた。

さては、さきほど「会いたいと思った」と伝えれば紫釉《シユ》様が喜んでくれると思っていたのですね？

それが思ったような反応でなく、この空気をどうすればいいか考えあぐねていると……？

ため息をどうにか飲み込んだ私は、茶器を手にそそっと蒼蓮《ソウレン》様のそばへ近づく。

そして、茶を注ぐタイミングで囁《ささや》いた。

──大蛇退治の絵巻、もしくは蜜菓子の話をしてください。

紫釉《シユ》様が好きな大蛇を退治しに行く物語は、この国の男児ならだいたい知っているお話だ。共通の話題がないときは、物語か食べ物の話をするに限る。

蒼蓮《ソウレン》様は茶を飲むと、紫釉《シユ》様に満を持して語りかけた。

「大蛇退治の絵巻はもう読まれましたか？」

その言葉に、顔を上げた紫釉《シユ》様は目を丸くする。

「読んだ」

こくりと頷き、一言だけ告げた紫釉《シユ》様。

返答があったことに満足げに笑った蒼蓮《ソウレン》様は、安堵を露《あら》わにする。

「そうですか」

「うん」

「そうですか」

「うん」

話を広げてっ!!

静蕾《ジンレイ》様と私は、じれったい気持ちをぐっと堪《こら》えて壁際に佇《たたず》む。

いつしか、二人の前にある膳はほぼ空になっていて、朝餉の時間が終わろうとしていた。

紫釉《シユ》様は柘榴《ざくろ》の粒を匙《さじ》で集め、いつもより早いペースで完食しようとしている。

それを見ていると、父が朝餉の場にいるときは、兄が異様に早く食事を終えて席を立つのを思い出した。とにかくこの時間を早く終わらせよう。そんな意図が透けて見える。

蒼蓮《ソウレン》様はもう今日の朝餉については諦めたのか、虚ろな目をして箸を置いていた。

諦めないでくれます!?

私は心の中でそう訴えかける。

するとここで、静蕾《ジンレイ》様が動いた。

「紫釉《シユ》様、こちらの菓子がまだ残っておりましたのでどうぞ」

皿に敷いた紙の上に載ったそれは、昨日も紫釉《シユ》様が口にした蒼蓮《ソウレン》様の土産だった。口に入れると蜜が蕩《とろ》ける甘い菓子に、紫釉《シユ》様もとても喜んでいたのが思い出される。

「これは、蒼蓮《ソウレン》が我に買《こ》うてきてくれたのだと凜風《リンファ》に聞いた」

紫釉《シユ》様の言葉に、蒼蓮《ソウレン》様は「ええ」と小さく頷いた。

自発的に紫釉《シユ》様がしゃべったことに虚を衝《つ》かれたみたいに見える。

「ありがとう、おいしかった」

窺うような目でそう言うと、蒼蓮《ソウレン》様はわかりやすく喜びを表情に出す。

「はい……。はい、またお持ちします。今日も、明日も」

紫釉《シユ》様は蜜菓子を口にして、やっと緩んだ顔つきになった。

甘味は、平穏をもたらしてくれると覚えておこう。

ホッとした私たちは、官吏の男性が蒼蓮《ソウレン》様を呼びに来るまでずっとお二人を見守っていた。


格子扉を引く音が、静かな廊下にスッとなじんで消えていく。

前を歩く蒼蓮《ソウレン》様の後を、私は黙って歩き続けた。

紫釉《シユ》様と蒼蓮《ソウレン》様の初めての朝餉は、ぎこちない空気のまま終わった。

甥と叔父というよりは、皇帝と臣下という関係性が強いのだろう。見ていてそう思う。今のところ二人を繋ぐものはあの蜜菓子だけで、蒼蓮《ソウレン》様はすぐに部下に命じて取り寄せるらしい。

何だかちょっといじらしく思えてきたわ……。

その広い背中を見つめ、私は「また明日がありますよ」と心の中で励ましてみる。

後宮と執政宮を繋ぐ渡り廊下まで来ると、ずっと黙っていた蒼蓮《ソウレン》様がその足を止めて振り返った。

私の顔をじっと見下ろすと、何か思い当たることがあったようでぽつりと言った。

「……兄に会っていくか？」

「はい？」

突然の提案に、思わず間の抜けた声が漏れる。

いきなり何を言うのかと戸惑っていると、待っていた官吏に「先に戻れ」と命じた蒼蓮《ソウレン》様は私をまっすぐに見下ろして言った。

「いや、何か話すこともあるかと思って……」

あぁ、ご自分が紫釉《シユ》様と過ごす時間を持ったことで、私にも兄と話した方がいいと？

柳《リユウ》家の兄妹は、特にすれ違っていないんですが……。

その不器用さとズレた発想に、私はクスクスと笑ってしまった。

「私たちは子どもの頃から同じ時間を多く重ねてまいりましたので、今さら会っても大して話すことはございません。お気遣いはうれしゅうございますが、そのお気持ちだけでけっこうです」

「そうか」

少し離れた位置にいる麗孝《リキョウ》様も、笑いを噛み殺しているのが見える。

蒼蓮《ソウレン》様は気まずそうに目を伏せた後、小さく息をついて笑った。

「また明日、今度はもう少し何か会話が弾むよう努力しよう」

「はい、そうしてくださいませ」

紫釉《シユ》様はまだ混乱しているだろうけれど、毎朝一緒に過ごすと次第に打ち解けられるはず。

蒼蓮《ソウレン》様は、不器用なだけで本心は紫釉《シユ》様を想っているのだから……。

「うまくいかぬものだな。幼子との会話がこんなにも気を張るものとは思わなかった」

「ふふっ」

父をやり込めたこの人が弱音のようなことを口にするのは、私の笑いを誘う。

噴き出してしまった私を咎めることもしない蒼蓮《ソウレン》様は、心底困っているように見えた。

「仲良くなりたい、と正直にお心を話すのもよいかもしれませんよ？　幼子は、よくも悪くも直接的な物言いをすると信じますので」

「ふむ、考え過ぎたのかもしれんな？　私は」

「ええ、そのように思えます」

蒼蓮《ソウレン》様が言うには、皇族は常に相手が自分より上か下かで対応を変えるよう教わるのだとか。紫《シ》釉《ユ》様はこの国の頂点であるため、蒼蓮《ソウレン》様からすれば敬う相手に当たる。

彼が望むように動くのが自分の役目であり、そこに叔父と甥の関係を持ち込むのは頭が追い付かないようだった。

「皮肉なものだな。これまで紫釉《シュ》陛下を守ろうとしてやってきたことが、距離を置くことに繋がっていたとは。決して間違ったことをしてきたとは思わんが、こうも初手から躓《つまず》くと先の見通しが立たぬ」

その顔は難問を前にした執政官で、家族のことを話す姿には到底見えない。

つかみどころのない人だと思ったけれど、根はまじめで融通の利かないところがあるのかも。

この悩んでいるお姿を紫釉《シュ》様が見たら、どう思うだろうか。

自分のためにここまで悩んでくれる人がいることは、とても幸せなことだなと私は思った。

「何事も、時間をかけてじっくり煮詰めるのがよろしいかと。私たちからも、蒼蓮《ソウレン》様のよきところを紫釉《シュ》様のお耳に入れるなどしていきますので。ほら、蜜菓子も気に入っておられたので印象はよくなっていると思いますよ？」

笑顔でそう言うと、蒼蓮《ソウレン》様は軽く首をひねる。

「私のよきところ……？　この容姿と執務に取り組むこと以外に、五歳の気を引けそうな美点があるか？」

「あぁ、それご自分でおっしゃるのですね」

「真であろう？」

はい、そうですね。

私は沈黙で肯定した。そしていたずら心から、私も同じように首を傾げる。

「考えてみると、確かにそのほかのよきところが見当たりません」

「おい」

「冗談です。蒼蓮《ソウレン》様は紫釉《シユ》様のことを大切に想っているではありませんか。朝餉のことも、ほかのご予定を調整してお時間を作ってくださったのでしょう？　そうまでしても、紫釉《シユ》様に会いたかったのだと、大事に想っているのだということはよきところにございます」

笑ってそう言えば、蒼蓮《ソウレン》様もまた柔らかく微笑んだ。

「そろそろ行かねば」

「はい。それではまた明日」

私が恭しく合掌すると、蒼蓮《ソウレン》様は颯爽と衣を翻して背を向ける。

数歩進んだのち、ふと何か思い出したかのようにこちらを振り向いた。

どうかしたのかしら、と目を瞬かせていると、彼は目を細め妖艶な笑みを浮かべて言った。

「凜風《リンファ》。紫釉《シユ》陛下のこと、よろしく頼むぞ」

驚きで息を呑み、しばらくの間、私は呆然とその背を見送る。

今、『柳《リユウ》家の娘』ではなく名前で呼ばれた……？

胸の奥が熱くなり、私は感動で両手を組みきつく握る。

「よかったな、蒼蓮《ソウレン》様の覚えがめでたくて」

いつの間にか隣に来ていた麗孝《リキョウ》様が、からかうようにそう話しかけてくる。

私は喜びを噛みしめるように言った。

「これって永続雇用に近づいたってことですよね！」

「え？　そっち？」

「そっちって、何と何がそっちなのです？」

「いや、何ってあのお方はだな……。女人の名を覚える人じゃないというか、覚えていても呼ぶことはめったにないんだが」

一体何が言いたいのか。険しい顔で見つめる私を見て、麗孝《リキョウ》様はため息をついた。

「何でもない。こういうのは周りがどうこう言うもんじゃねぇしな」

名前を覚えてもらったからといって、蒼蓮《ソウレン》様が私を気に入っているなんて勘違いはしていない。ある程度の信頼は得られたとは思っているが、それだけだと思う。

「麗孝《リキョウ》様、そんなことより書閣へ参りましょう。紫釉《シュ》様が読みたいとおっしゃっていた本を探したいのです」

そろそろ読める文字が増えてきて、長い文章も詰まらずに理解できるようになってきた。紫釉《シュ》様がもっと笑顔になれるよう、私は新しい絵巻や詩を探しに行こうと思っていたのだ。

麗孝《リキョウ》様や武官の手を借りれば、一人で行くよりも多くの書物を運ぶことができる。この後、紫釉《シュ》様はしばらく文を書く時間なので護衛はいらないと聞いていたので、ここぞとばかりに麗孝《リキョウ》様の手を借りようと思っていた。

彼は私の言葉に頷き、快く書物運びを引き受けてくれた。本来なら、そんなことに使っていい人じゃないけれど、麗孝《リキョウ》様はほかの武官と違って堅苦しくないので気が楽なのだ。

「人の使い方を覚えたな、凜風《リンファ》」

長い廊下を歩きながら、彼はそう言って笑う。

私も笑みを浮かべながら、目的の場所までゆったりとした心地で歩いていった。

第四章 世話係としてできること

ある日の夕暮れ時のこと。私は休憩時間に一人で書閣へと向かった。

「失礼いたします。柳凜風《リユウリンフア》にございます」

一声かけてから入室すると、ここを管理している栄《エイ》先生が揺り椅子でのんびりと書物を楽しんでいるのが目に入る。

栄《エイ》先生は、私を見ると目を細めてうれしそうに歓迎してくれた。

「本日は何用ですかな？　私の書いた賢人録の続きを借りに来られましたか？」

その言葉に、私は苦笑した。

「すみません、まだお借りしたものの半分ほどしか読めておりません」

それもそのはず、二日前に借りた賢人録はとにかく長いお話だ。栄《エイ》先生が出会った数々の偉人と呼ばれる人たちの記録で、おもしろいがむずかしい。

私が謝ると、栄《エイ》先生は冗談だと笑って流してくれた。

「今日は陛下のために、幾つか書物をと思いまして。ほかにも、私が水晶の宴について学ぼうかと」

「おぉ、もうそのような時期ですか。時が経つのは早いですなぁ」

季節が夏に移り変わる少し前、森の木々が色濃くなる頃、月の光がほとんどなくなる宵闇の日が訪れる。そしてその翌日には、銀色に光る大きな月がひと際美しい夜がやってくるのだ。

水晶のように美しい月が見られるということで、各地で宴が催され、後宮でもかつては毎年のように夜宴が開かれていたという。

この二年は先帝様が亡くなられたこともあり、大々的な宴は行われていない。

けれど今年は、紫釉《シュ》様が五歳の節目の年を迎えられたということで、再び夜宴を開いてはどうかと話が進んでいる。

ただの食事会に近い、小規模の宴になるだろうけれど、紫釉《シュ》様はとても楽しみにしている。

「そろそろ陛下は、歴史や異国のことも学んでいく時期ですなぁ。宴の席には、通年であれば他国の使者が参加することもありますれば」

栄《エイ》先生はゆっくりと立ち上がり、書物が並ぶ棚の前へ移動した。

私もそばの棚から、陛下が興味を持ってくれそうな書物を探す。

ここにはあらゆる書物が収められていて、幼児向けの絵巻も驚くほど充実している。後宮に住まう皇子たちは、基本的に後宮から出られないため、このようにすべてが揃う環境が用意されているのだとか。

「これなど、いかがかな？」

栄《エイ》先生が私に手渡した一冊の書は、光燕《コウエン》国の歴史をわかりやすくまとめたものだった。かなり古いもののようで、端が擦れて少し色褪《いろあ》せている。

私は綴《と》じてある紐をそっと解くと、慎重に開き、最初から目を通した。

「これは蒼蓮《ソウレン》様が後宮にお住まいだった頃からある書物ですから、そろそろ書き写して新しくせねばなりませんなぁ」

力を込めると紐が解けそうで、栄《エイ》先生の言葉に私は苦笑いで頷く。

「あら……?」

ちょうど真ん中あたりまで目を通したとき、淡い緑色の紙に包まれた一通の文が挟まれていることに気づいた。

書物は随分と色褪せているのに、この文はそれほど傷んでいない。

誰かがここに挟んで忘れた？　それとも、書物に関する何かが書かれているのかしら？

私は書物を机に置き、文に指先を入れて開いた。

『愛おしい人。あなたは私のすべてです』

上質の紙。ほんのりおしろいの香りがするそれには、愛する人への想いの丈が遺《のこ》されていた。

『あなたの声を、笑みを、何一つ零さず覚えていたい。たとえ二度と会えなくても、あなたの幸福を心より願っています。寄り添って、温かい花茶を飲んだ日々を忘れません』

季節の挨拶もなく、宛名もなく、悲恋を思わせるような内容を書き連ねている。

文字を書くのが不慣れなのか、ところどころ迷ったような筆運びの跡があった。

じっと文を見つめていると、それに気づいた栄《エイ》先生が口を開く。

「恋文ですかな？　かつて後宮にいた妃の誰かが書いたものか、それとも叶わぬ恋に焦がれた女官や宮女のものか？」

「このようなことは、よくあるのですか？」

私がそう尋ねると、栄《エイ》先生は昔を懐かしむような目をして笑った。

「以前はございましたなぁ。先帝様や蒼蓮《ソウレン》様が後宮におられた頃は、それはそれは娘たちが色めきだっていましたから」

蒼蓮《ソウレン》様は私も知っている通りだが、先帝様もかなり見目麗しい男性だったらしい。紫釉《シュ》様の母である前皇后さまのことを寵愛しておられたから、皇妃は一人もおらず、手つきになる女人すら一人もいなかったそうだが、一方的な想いを募らせる者は後を絶たなかったとも聞く。

「こちら、いかがいたしましょう？　受取人も差出人もわかりませぬ」

現状、後宮には紫釉《シュ》様しかおられない。

この文はこのままずっと見つからない可能性だってあったのだから、書閣の管理人である栄《エイ》先生が処分したとしても問題はないだろう。

私が栄《エイ》先生に判断を仰ぐと、彼はおもしろがるように言った。

「蒼蓮《ソウレン》様に届けてやりなされ。お心あたりがあるやもしれませんからな」

「はぁ……」

たとえばこれが蒼蓮《ソウレン》様宛ての恋文だったとして、あのお方が喜ぶとは思えない。でも、可能性としては無きにしも非ずということで、私は栄《エイ》先生の助言通りに執政宮へ文を持って行くことにした。

広い後宮を抜け、門番のいる執政宮の入り口に到着する。そこには、来訪を告げる遣いを出したことで、わざわざ兄が迎えに来てくれていた。

「兄上、お久しぶりですね」

仕事が立て込んでいたらしく、この十日ほど兄の顔を見ていなかった。

目の下のクマについては、触れないでおこう。

「李《リ》家のおかげで仕事が増えた」

聞いていないのに、兄はため息交じりに近況を報告してくる。

私が困った顔で笑うと、兄もそれ以上は何も言わなかった。とにかく疲れた、その気持ちが伝わってくる。

兄に続いて執政宮の中を進んでいくと、官吏たちがせわしなく行き交っていて、明日の会議の準備がいよいよ大詰めなのだそうだ。

そんなときに来てしまってよかったのか、と今さら思うが兄は特に迷惑そうな顔もせずのんびりと蒼蓮《ソウレン》様の執務室へと向かった。

黒い大きな扉が開くと、ふわりと甘い香りが鼻をくすぐる。疲労回復にいいとされる香《こう》だろう。

一番奥の部屋までやってくると、そこにはまったく疲れを感じさせない美丈夫が文を書いている姿があった。

「失礼いたします。凜風《リンファ》を連れて参りました」

兄がそう告げると、蒼蓮《ソウレン》様はようやく顔を上げてこちらに目を向ける。

「来たか」

一息ついた蒼蓮《ソウレン》様は、私を見て「こちらへ」と告げた。兄は道を譲るようにして避け、私が前へ進んだのを確認すると自席へ戻ってさっさと仕事を始めてしまう。

私は蒼蓮《ソウレン》様の目の前まで行くと、持ってきた文をそっと差し出した。

「書閣で見つけましたので、お持ちいたしました」

書物にそれが挟まっていたこと、そして栄《エイ》先生から蒼蓮《ソウレン》様に持って行くよう言われたことを簡潔に説明する。

蒼蓮《ソウレン》様は嫌そうに眉根を寄せつつも、とりあえずといった様子で文を開く。ところが中身を見ると、かすかにその眉がぴくりと反応した。

見覚えがある文字だった……？

私は彼が口を開くまで、じっとその場で待機する。

文を読み終えてしばらく沈黙していた蒼蓮《ソウレン》様は、口元に手を当てて何かをじっと考えていた。

だがそう間を置かず、私の目を見て断言する。

「これは雪梅妃《シユエメイ》の字だ」

「前皇后様の……？」

つまり、紫釉《シユ》様の母君。そんな方がなぜ恋文を書物に？

私が小首を傾げると、蒼蓮《ソウレン》様は肘置きに腕を置き、寛《くつろ》いだ姿勢で話し始める。

「雪梅妃《シユエメイ》は隣国・泉《チユアン》の皇族だ。光燕《コウエン》の言葉は問題なく話せたが、文字が不得手でな。このような拙《つたな》い文字を書いていた」

「では、この文は先帝様宛てでございましたか」

それならば、後宮で見つかったとしても納得はいく。

なぜ書物に挟んであったのか、というのはわからないけれど……。

ところが蒼蓮《ソウレン》様は、静かに首を振りそれを否定した。

「これは兄が亡くなってから書いたものだろうな。おそらく、この国を出るときに紫釉《シユ》陛下に宛てて」

「紫釉《シユ》様に、ですか？」

普通に考えるとあの内容は恋文であり、幼い我が子に宛てて書いたものではない。けれど、この国の文字が苦手だという雪梅《シユエメイ》妃が書いたというのならば……。

「あちらの国では、家族や友人に対する愛情も、恋人に対するそれも皆同じ表現になる。だから光《コウ》燕《エン》で生まれ育ったそなたがこれを見れば、恋文に見えるのだろう」

蒼蓮《ソウレン》様は少し淋しげな目で、机に置かれた文を見た。

私も同じく、そこに視線を向ける。

「雪梅《シュエメイ》妃は、紫釉《シユ》様が文字を読める頃になったら見つけてもらいたいと思って書物の中にこれを託したのですね」

誰かに預けることもできたはずなのに、見つからないかもしれないような場所に残しておくなんて。祖国に戻る際に、一体何があったのだろう。

この文からは、どうしようもなく焦がれるような想いが伝わってきた。

『愛おしい人。あなたは私のすべてです』

『あなたの幸福を心より願っています』

母として、どれほど紫釉《シユ》様を想っていたか。離れ離れになるのが、どれほど無念だったか。想像しただけで胸が苦しくなる。

「紫釉《シユ》様は、母君が祖国へ戻られた理由をご存じなのですか?」

先帝様が病で急逝され、わずか一年後。国家間で何らかのやりとりがあり、雪梅《シュエメイ》妃は紫釉《シユ》様を光《コウ》燕《エン》に残して祖国へ戻られた。

理由は公にはされていないが、おそらくは泉《チュアン》の皇族が相次いで亡くなったことに関係があるのではないかと思う。

まだ四歳だった紫釉《シユ》様は、どのようなお気持ちで旅立つ母を見送ったのだろう？

普段は元気にお過ごしだけれど、母君のことで淋しい思いをしたに違いない。

「ちょうど一年ほど前になるか……、陛下には、母君は国へ戻ることになったと告げたきりだ。別れの際は随分泣いておられたが、雪梅妃《シユエメイ》がもう戻ってこぬと理解しておられるかはわからぬ。いつかは話さねばならぬと思うてはおるが、正しく事情を理解できるのがいつなのか判断しかねていたのだ」

「そう、ですか……」

蒼蓮《ソウレン》様によると、雪梅妃《シユエメイ》は泉《チユアン》の王族直系として子を産める年齢の唯一の女性。それこそが、祖国へ戻った理由だった。

「雪梅妃《シユエメイ》の弟にあたる皇子が二人いたが、どちらが帝位を継ぐかで昔からかなり揉めていた。そして無益な争いの果てに、二人ともが相次いで命を落としたのだ」

「お二人とも？」

第一皇子は毒殺され、そしてその首謀者であり帝位継承者となるはずだった第二皇子は不運にも落馬によって命を落としたという。

「バカな話だが、散々に継承権争いをしたあげく、継承権を持つ者がいなくなるというのはめずらしくない」

かの国はもともと光燕国《コウエン》と一つの国であったが、我が国よりも血統への思い入れが強い。

だからこそ、皇族の直系が途絶えれば泉《チュアン》は間違いなく荒れる。

「混乱を避けるため、雪梅《シュエメイ》妃を泉《チュアン》に戻してくれないかとあちらから頼まれたのだ。直系最後の姫が、再び祖国へ戻り適切な相手と結ばれることで、血筋が途絶えるのを防ぎたいと」

再婚し、新たな跡継ぎとなる男児を産む。雪梅《シュエメイ》妃は、そのために祖国へ戻っていった。

雪梅《シュエメイ》妃にしかできないお役目のために。

「…………お労《いたわ》しいこと」

理屈はわかる。けれど、あまりにつらい。

俯《うつむ》いて黙り込んでしまった私を見て、蒼蓮《ソウレン》様は言った。

「泉《チュアン》が荒れれば、光燕《コウエン》も無事では済まぬ。それゆえ、この件に関しては私を含めて大臣ら全員の意見が一致した。雪梅《シュエメイ》妃に、国へお帰りいただこうと」

先帝様がご存命なら、雪梅《シュエメイ》妃はこの国に残れたかもしれない。けれど、当時の状況であれば、どちらの国にとっても泉《チュアン》に戻るという選択が最良であることは明らかだった。

「雪梅《シュエメイ》妃とて、すべて理解した上で祖国へ戻って行ったのだ。紫釉《シユ》陛下には酷なことだが、皇族にとって己の身は己のものではない。国のものなのだ」

蒼蓮《ソウレン》様は落ち着いた声音で、そう告げる。

それはご自身の覚悟でもあり、紫釉《シユ》様にとってもそうであると示しているようで、私はさらに胸を締め付けられた。

「そのような顔をするな。哀れと思う必要などない」

私はどんな顔をしていたのだろう？

蒼蓮《ソウレン》様は、まるで私の方がかわいそうだとでも言うように、困った顔をして笑った。

「人は皆、限られた選択肢の中で幸福を得ようとする。皇族はその枠が狭いだけだ。そなたも五大家の娘なら、理解できるであろう？」

私は返事をすることができなかった。

柳《リュウ》家の娘として生きてきて、その恩恵を受けながらも縁談を拒んだ私に「わかっております」などと到底言えることではない。

皇帝陛下の世話係は、大切なお役目だとわかっている。けれど、家のことを思うと申し訳ないという気持ちはずっと胸の奥にあった。

蒼蓮《ソウレン》様は哀れと思う必要はないとおっしゃったものの、政治的な事情で引き離された親子を思うとかわいそうで堪らない。

今すぐ紫釉《シユ》様を抱き締めたい。

何もできないけれど、そばにいたいという強い想いが込み上げる。

長い沈黙の後、蒼蓮《ソウレン》様は立ち上がり、文を持って私の正面に立った。そして大きな手が私の頬に触れ、人差し指で目元に滲んだ涙を拭う。

驚いた私が一歩後ずさっても、彼は変わらぬ口調で話を続けた。

「雪梅妃《シュエメイ》は、おそらく遠慮したのだろう。文を残すことで、紫釉《シュ》陛下が淋しがるのではないかと。だが、それでもなお書物にこうして文を挟んでおいたのは、母としてのどうしようもない思慕からであろうな。天の思《おぼ》し召しがあれば、紫釉《シュ》陛下の元へこれが渡るのではと考えていたのかもしれぬ」

私の手に再び握らされた文は、随分と小さく頼りないものに感じられた。

母として最後に許されたことが、たったこれだけだなんて……。

読んでもらえるかもわからぬ文だけが、母と子を繋ぐ糸だなんてあまりにも悲しい。

「静蕾《ジンレイ》様にこれを託さなかったのはなぜなのでしょう？　あの方ならば、きっと紫釉《シュ》様に渡してくださるはずなのに」

女官長として、ずっと紫釉《シュ》様のそばにおられる方なのに。

私の疑問に、これまで黙っていた兄が答える。

「静蕾《ジンレイ》殿は、雪梅妃《シュエメイ》が光燕《コウエン》を去るときに後宮を出て然《しか》るべき家に嫁ぐ予定だった。だが、どうしても紫釉《シュ》様のことが気がかりだと、婚儀を直前で取りやめて女官長になられたのだ」

婚儀を取りやめてまで後宮に残るという、静蕾《ジンレイ》様の覚悟に私は驚いた。

「さぞ、大変だったでしょうね」

良家の娘にとって、一度決まった婚礼を取りやめるというのはかなりむずかしい。生家はともかく、相手方への謝罪や根回しを考えると恐ろしいほど困難があったと思う。

ところが、蒼蓮《ソウレン》様は意外な事実をさらりと口にする。

「麗孝《リキョウ》はまだ諦めたわけではないと思うぞ？　あれは一度逃げられたくらいで折れるような男ではないからなぁ」

「お相手は麗孝《リキョウ》様なのですか!?」

ぎょっと目を瞠る私。

まったくそんな素ぶりも雰囲気もなかったから、まさかそんなことがあったなんて気づきもしなかった。

驚いていると、兄が悲しげに目を伏せて嘆く。

「この世は難題だらけだ。執政宮にいると、皆が幸せになれる方法などないのだと痛感させられる」

「そのようにおっしゃっては、元も子もありませぬ。兄上」

妹に窘《たしな》められ、兄は力なく笑みを浮かべる。相当に疲れているのが窺えた。

「まぁ、紫釉《シュ》様は聡明なお方だ。静蕾《ジンレイ》殿とそなたがついていれば大丈夫だと思うておるよ」

「そのように無責任な……。確かに紫釉《シュ》様は聡明ですが、こちらがそれを期待するのは酷なことにございます！　過剰に立派であることを求めれば、そのうち真の心を言えぬようになってしまうではありませんか。兄上とて、弱音を吐けぬ立場がどれほど苦しいかご存じでしょう？」

まして紫釉《シュ》様は五歳なのだ。そんな幼少期から、苦しみを味わうなんておかしい。

「はぁ……、今日も妹が怖い」

ため息をつく兄のことは置いておくとして、今は雪梅《シュエメイ》妃の文のことだ。

私は蒼蓮《ソウレン》様に向き直り、話をもとに戻した。

「あの、文のことはいかがいたしましょう？」

見なかったことには、したくない。紫釉《シユ》様にこれを渡したいと思った。

親子の再会は叶わないのだとしても、確かに愛されていたのだと知ってほしい。

懇願するように見上げると、蒼蓮《ソウレン》様は少し淋しげに笑って言った。

「これを陛下に見せる時期は、静蕾《ジンレイ》とそなたに判断を任せる。残念ながら、私はまだ紫釉《シユ》陛下の心に寄り添えるような存在ではないからな」

私は手紙に傷をつけないよう、そっと両手で包み込むようにして持つ。

「静蕾《ジンレイ》様と話してみます」

「あぁ、そのようにしてくれ」

「ですが、文をお見せする際には、蒼蓮《ソウレン》様も紫釉《シユ》様のそばにいてあげてくださいませ」

「私が？」

蒼蓮《ソウレン》様は、目を丸くして聞き返す。

彼はなぜ私がそう言ったのか、まったくわからないようだった。

「貴方様は、紫釉《シユ》様にとってただ一人の家族です。紫釉《シユ》様がこれから感じる喜びも悲しみも、家族としてそばで見守ってあげていただけませんか？」

これまで臣下として距離を取ってきたのなら、なおさらこれからの時間を共にしてあげてほしい。

雪梅妃《シユエメイ》が紫釉《シユ》様にしてあげたかったことを、私だってしてあげたいけれど、でも私は家族じゃないから。

血の繋がりがすべてではないと、それは当然わかっている。

けれど、確かにお二人は叔父と甥で、しかも蒼蓮《ソウレン》様は紫釉《シユ》様のことを守りたいと思っておられるのだ。

皇族だから、家族ではいられないなんて悲しい。

朝餉を共にし、紫釉《シユ》様と親睦を深めると決めたのなら、家族としての時間を重ねていくことに遠慮しないでほしかった。

「私がいても、よいのか？」

蒼蓮《ソウレン》様は、ぽつりと呟く。

まるでひとり言のようなそれに、私は力強く答えた。

「はい。それがよろしいかと」

真剣に思案をし始めた蒼蓮《ソウレン》様を見ていると、いかにこの方が紫釉《シユ》様を大切に想っているかが伝わってくる。

この方がいる限り、紫釉《シユ》様はきっと健やかに成長できるだろう、とそんな気がした。

「わかった」

蒼蓮《ソウレン》様が受け入れてくれたことに、私はほっと胸を撫でおろす。

そして一礼の後、静蕾《ジンレイ》様に事の次第を説明すべく後宮へと急いだ。


それから数日後。

後宮の片隅で、ひっそりとした夜宴が行われた。

深い深い闇の中に、ひと際大きな月が浮かんでいる。光り輝くその姿は水晶のごとく美しく、いつまでも眺めていられそうだ。

「泉《チユアン》からも、今宵の月が見えているでしょうか？」

隣に立つ静蕾《ジンレイ》様が、ふとそんなことを口にした。

「きっと、同じように眺めておいでのはずです」

二胡を手にした私は、月を見上げてそう答える。

鳳凰園《ホウオウエン》の一角に用意された宴の席。もうまもなく、ここへ紫釉《シユ》様がやってくる。

泉《チユアン》の国も水晶の宴の文化はあると聞いているから、きっと今頃は雪梅妃《シユエメイ》も空を見上げていると思いたい。

「本当に、よろしいのですか？」

私の問いかけに、静蕾《ジンレイ》様は少しだけ笑って頷いた。

あのあとすぐに雪梅妃《シユエメイ》からの文を静蕾様《ジンレイ》に見てもらい、今日の夜宴で紫釉様《シユ》にお話しすると決まったのだ。

文を確認した静蕾様《ジンレイ》は、初めて動揺し、涙ながらに後悔の言葉を口にした。

自分がもっと早く後宮に残ることを決めていれば、と。

『皇后様は、私におっしゃったのです。あなたにも伴侶を持ち、子を持つ喜びを知ってもらいたいと。だから一度は嫁ぐつもりでした……。けれど、母君を失い気落ちする紫釉様《シユ》を思うと、どうしても置いてはいけなかったのです』

私は気の利いた言葉も慰めも言えず、ただ静蕾様《ジンレイ》を抱き締めてその背を撫でることしかできなかった。

『文が見つかったのは、そろそろだという天の思し召しではないでしょうか？　夜宴の際に、紫釉《シユ》様に雪梅妃《シユエメイ》のことをきちんと伝えましょう』

静蕾様《ジンレイ》は、そうおっしゃった。

瞬く間に時は過ぎ、こうして夜宴の当日を迎えたわけだけれど――

「この一年、紫釉様《シユ》にとってどのような月日だったのでしょうか？」

今、母君のことはどう思っておられるのだろう。私には想像もつかない。

日々、おそばに付き添っているけれど、この三ヶ月の間に紫釉様《シユ》は母君のことを一度しか口にしなかった。

あえてお話しすることで、心の傷が増えたり、不安定になったりしないかしら？

思えば思うほど、不安は募る。

静蕾《ジンレイ》様は、私の疑問に穏やかな声で答えた。

「幼子にとって、一年は途方もなく長いでしょうから……。淋しい気持ちはあれど、日々を生きることで精いっぱいなのかもしれませぬ」

流れゆく日々は残酷で、母君の面影も思い出も薄れているだろう。見守るしかない私たちからすると、母君との別れが紫釉《シユ》様のお心に影を落とすようなものにならないことを願うばかりだ。

二人で静かに月を見上げていると、私たちの背後から明るい声が聞こえてくる。

「静蕾《ジンレイ》！　凜風《リンファ》！」

振り返ると、そこには紫釉《シユ》様のお姿があった。水色の生地に雲や月を思わせる刺繍が施された衣装を纏い、長い髪は頭頂部で丸く結い上げられて金色の髪飾りが輝いていた。

皇帝らしい威厳ある衣装でありながら、大きな目や丸い頬の輪郭が幼さを感じさせ、何とかわいらしい方なのだろうと心が和む。

「よくお似合いですわ、紫釉《シユ》様」

静蕾《ジンレイ》様に褒められて、紫釉《シユ》様はうれしそうに微笑む。私も笑顔で迎え、宴の席へと案内した。

「さぁ、こちらへどうぞ。蒼蓮《ソウレン》様もお待ちです」

「蒼蓮《ソウレン》が？」

目を丸くした紫釉《シュ》様は、すぐに宴の席を確認する。

椅子に座っていた蒼蓮《ソウレン》様を見つけると、確かにうれしそうに口角を上げた。

「紫釉《シュ》陛下、本日は宴にお招きくださりありがとうございます」

立ち上がり、そう礼を述べる蒼蓮《ソウレン》様も表情は柔らかい。

「蒼蓮《ソウレン》、暇をしていたか？　遊びに来たのか？」

無邪気な紫釉《シュ》様のお言葉に、彼はクッと笑いを漏らした。

「ええ、本日は陛下と遊びに参りました」

周囲の使用人たちも、二人の様子を微笑ましく見守っている。

「さぁ、こちらへ」

紫釉《シュ》様がそばへやってくると、蒼蓮《ソウレン》様はひょいと両手で抱え上げて椅子に座らせた。

これまでなら、こんな風に子ども扱いすることは決してなかった。そのお身体に触れることも、抱き上げることもなかった。

常に臣下として敬う姿勢を取ってきた蒼蓮《ソウレン》様が、今宵は家族としてここにいる。

紫釉《シュ》様は初めてのことに少し驚いていたけれど、すぐに笑顔に戻ってそわそわと期待に胸を躍らせた。

お二人が並んで席に着くと、すぐさま宴は始まる。

「まずは花茶と菓子にございます」

宮女が運んできたのは、何も入っていない白磁の茶器と花びらを模した砂糖菓子。

紫釉《シユ》様は期待に目を輝かせ、それを見つめる。

「いつもの茶とは違うのか？」

「ええ、こちらは特別にございます」

蒼蓮《ソウレン》様は紫釉《シユ》様の反応を見ながら、茶器に小さな花のつぼみをいくつか入れてみせる。

「ここに湯を注ぎます。そして黒い蜜を一匙入れると……」

白い茶器の中には、湯の温かさで開いた可憐な黄色や赤色の花、そして蜜によって黄金色《おうごん》に変わったお茶という目で楽しめる花茶が出来上がった。

「わぁ！　花が咲いた！」

紫釉《シユ》様は、隣に座る蒼蓮《ソウレン》様の顔を見上げて喜びの声を上げる。

「どうぞ、お召し上がりください」

蒼蓮《ソウレン》様に勧められ、紫釉《シユ》様はそっと茶に口をつける。

「……甘い」

口角が上がったところを見ると、お気に召したらしい。

私たちはほっと一安心する。

「……こっちは苦い」

「紫釉《シユ》陛下、それは普通食べませぬ」

花びらを口の中でもごもご咀嚼《そしやく》する紫釉《シユ》様を見て、蒼蓮《ソウレン》様は苦笑いをした。

紫釉《シユ》様が菓子を食べ始めると、私は宮女たちと共に二胡を奏でる。

どうか陛下が、これから先幸せに満ちた人生を歩めるようにと願って。

豊穣を感謝する曲や春に舞う蝶の歌を弾き、続いては武官による剣舞に合わせた演奏も行われた。

紫釉《シユ》様は初めて見る剣舞に、大きな目をさらに大きく見開いて夢中になっている。

ときおりその様子を横目で確認する蒼蓮《ソウレン》様は、紫釉《シユ》様が楽しそうで何よりだとそう顔に書いてあった。

風がとても穏やかな夜で、楽しい時間はゆっくりと過ぎていく。

「蒼蓮《ソウレン》様、こちらをどうぞ?」

宴の終盤、麗孝《リキヨウ》様がそう言って竹の笛をやや強引に手渡した。昔はよく吹いていたという笛を渡され、蒼蓮《ソウレン》様はやや驚いていたものの、慣れた手つきでそれを横に構える。

その音色はとても美しく優美なもので、初めて蒼蓮《ソウレン》様の演奏を聴いた紫釉《シユ》様はじっとその様子を見つめている。

「我も吹いてみたい!」

そこからしばらくは、笛を吹きたい紫釉《シユ》様とそれを支えつつ教える蒼蓮《ソウレン》様の微笑ましい様子が長く見られた。懸命に息を吹き込んでは、いい音が出ないと必死になる紫釉《シユ》様はとても愛らしい。

するとここで、蒼蓮《ソウレン》様が右手を上げたのを合図に、武官の一人が布に包んだ濃茶色の笛を持ってきた。

「紫釉《シユ》陛下には、この笛を差し上げます。……母君の使っておられた笛です」

「母上の？」

蒼蓮《ソウレン》様は、優しく頷く。

紫釉《シユ》様は手渡された笛を見て、目をぱちくりとさせていた。

「いつかお渡ししようと思うておりました。そろそろ、笛を始めてもよい頃かと」

皇族をはじめ、良家の子らは嗜《たしな》みとして楽器を与えられる。笛や二胡を五歳頃から始めるのは、慣例ともいえるものだった。

梅の花や雲の絵が描かれているそれを、紫釉《シユ》様はさらにじっくりと眺める。

「母上は、笛がお上手だったのか？」

母の記憶を、紫釉《シユ》様は思い出そうとしているようだった。でも、ひっかかるものはないらしく、こてんと首を傾げる。

「ええ、とてもお上手でしたわ」

静蕾《ジンレイ》様が、懐かしむようにそう言った。

「この花茶も、母君である雪梅妃《シユエメイ》がお好きだった味ですよ」

「これも？　母上はこれを飲んでいたのか？」

「はい、まだ紫釉《シユ》様がお小さい頃、お膝に乗せて花茶を一緒に味わっておいででした」

ここにいる誰よりも、静蕾《ジンレイ》様は雪梅《シユエメイ》妃を知っている。こうして思い出を口にできる日が来たことを、静蕾《ジンレイ》様は喜んでいるように見えた。

湯気を立てている花茶を見て、紫釉《シユ》様は言う。

「我もこれが好きだ。皆にも飲んでほしい」

その言葉を受け、宮女たちもそれぞれの席について同じ花茶をいただいた。

私も紫釉《シユ》様のすぐそばに座り、色とりどりの花が白磁の中で咲くのを楽しむ。

皆が同じものを口にする様子を見て、紫釉《シユ》様は満足げだった。

ところが、自身もおかわりの花茶を飲み終えたとき、ふと思い出したように母君のことを尋ねた。

「……母上は、帰ってこぬのか？」

宮女たちが一斉に動きを止め、一瞬にして緊張感が漂う。

その中で、尋ねられた蒼蓮《ソウレン》様だけは冷静だった。

「はい。残念ながら、お戻りになることはございませぬ」

「そうか」

紫釉《シユ》様はしゅんと肩を落とす。

「わかっておった。皆、母上のことは我に話さぬであろう？　だから、口にしてはならぬのだと……、もう戻らぬのだと思っておった」

伏し目がちにそう話す紫釉《シュ》様は、五歳とは思えぬ落ち着いた反応だった。皇帝として、そうあることを義務付けられてきたのだと思うと、痛ましく感じるほどに。

私はどんな顔をすればいいのかわからなくて、お二人が会話をするのを見守るしかできない。

「我が皇帝だからか？　皇帝だから母上に会えぬのか？」

紫釉《シュ》様の疑問に、蒼蓮《ソウレン》様は諭すように答える。

「それは違います。この光燕《コウエン》国と泉《チュアン》国のために、母君は大切なお役目があって国へ戻られたのです」

「ならば、泉《チュアン》へ行けば母上に会えるか？」

紫釉《シュ》様は、懸命に訴えかける。

でも、蒼蓮《ソウレン》様は静かに首を横に振った。

「私たちは皇族です。易々《やすやす》と他国へは行けませぬ」

「なぜだ？」

「道中が危険だからです。後宮や宮廷を一歩出れば、己の身は己で守らねばなりませんので」

「むぅ……」

紫釉《シュ》様は、不満げに唇を尖らせ、蒼蓮《ソウレン》様から目を逸《そ》らした。

「もう、会えぬのです。紫釉《シュ》陛下」

宴が始まる前、蒼蓮《ソウレン》様は雪梅《シュエメイ》妃に関する事情はご自分が説明するとおっしゃったが、これでは紫《シ》釉《ユ》様の不満が蒼蓮《ソウレン》様に向いてしまうかもしれないと私は心配になる。

もちろん、それもすべて承知の上で話をしているんだろうけれど……。

「すべては我ら臣下の力不足で、申し訳ないと思うております。ですが、紫釉《シユ》陛下はただ一人の皇帝陛下です。国を守り、民を守る存在であるからには、耐えねばなりません」

しんと静まり返る宴の席。重苦しい空気が漂う。

「我は、皇帝になどなりとうなかった」

紫釉《シユ》様は俯いて、小さな声でそう言った。

人は、己の意志で生まれる家を選べない。わかりきったことなのに、少年皇帝という稀有《けう》な存在によってその哀しさを痛感させられた。

蒼蓮《ソウレン》様は小さな背にそっと手を添え、困ったような顔で紫釉《シユ》様を見つめている。

「そのお気持ちは、私もようわかります」

「……蒼蓮《ソウレン》も？」

二人は顔を見合わせる。

「皇族に生まれたばかりにつらい思いをするのは、私も紫釉《シユ》陛下も同じですね」

紫釉《シユ》様は眉尻を下げ、蒼蓮《ソウレン》様と揃って困り顔で考え込んだ。

長い沈黙が続き、気まずい空気が流れ始める。私はお二人を見かね、そっと御前に膝をつく。

「紫釉《シュ》様。こちらは母君からの文にございます」

まだ香のかおりがする一通の文。

静蕾《ジンレイ》様から「見つけた者が渡すのがよいかと」と言われ、預かっていたのだ。

「母上が我に？」

驚く紫釉《シュ》様に、それを手渡す。

急いで文を開く小さな手。破れないように、私も少しそれを手伝って文を開いていった。

紫釉《シュ》様は文字を目で追い、指でそれを一つ一つなぞっていく。

「私のすべて……会えなくても、あなたの幸福を……？」

まだ全部を読むことができないとはいえ、母君がくれた文を見た紫釉《シュ》様はみるみるうちに表情が輝き始めた。

「ここには、紫釉《シュ》様が大好きだというお気持ちが書かれています」

「母上が？　我を好き？」

どうか信じてもらいたい。

私は深く頷く。

「離れていても、母君は紫釉《シュ》様のことを大切に想うておられます」

泉《チュアン》から嫁いできた前皇后さまは、五大家のどの家とも密接に繋がろうとしなかったと聞く。それはきっと、どれか一つの家が紫釉《シュ》様の治世に大きな影響を及ぼさないようにと配慮したからだろう。

「この文が証拠にございます。母君は、紫釉《シュ》様を愛しておられました……！」

そのお顔を見つめて訴えかけると、紫釉《シュ》様はかすかに微笑んだ。

「我も、母上が好きだ。あまり覚えてはおらぬが、優しかったと思う」

そのお言葉を受け、静蕾《ジンレイ》様は涙を堪えながら告げる。

「紫釉《シュ》様がこれを読んでくだされば、それだけで雪梅《シュエメイ》妃はお喜びになりますわ。思いを込めて、書き上げた文でございますから」

「わかった。我はこれを読みたい。わからぬ文字は栄《エイ》殿に聞けばよいか？」

「ええ、そのようにいたしましょう」

紫釉《シュ》様は、大事そうに文を抱えて何度も頷く。

そのお姿が健気《けなげ》で、私は静かに涙を拭った。

「母上に返事を書かねば。大きくなったと、紫釉《シュ》は元気でおるぞとお伝えしたい」

紫釉《シュ》様の想いを聞き、ずっと黙って見守っていた蒼蓮《ソウレン》様がそれに応える。

「文が書けましたら、私が必ずや届けさせましょう。時間はかかりますが、やりとりを禁じる取り決めはしておりませぬから誰にも文句は言わせませぬ」

きっとそこには、幾重にも困難があるだろう。雪梅《シュエメイ》妃はもう他国の皇族で、いくら紫釉《シュ》様と実の母子《おやこ》だといっても、正面から文のやりとりができるとは思えない。

けれど、蒼蓮《ソウレン》様は何としてでも実現してやると、そう決意しているように思えた。

紫釉《シユ》様は、うれしそうに笑って月を見上げる。

「大きな月を見たと、母上にお知らせする。蒼蓮《ソウレン》と、皆と楽しかったと文に書くのだ」

「はい。ぜひそのように」

「それで、蒼蓮《ソウレン》が毎日遊びに来られるように、我も政務をするのだ。母上はきっと褒めてくださる」

紫釉《シユ》様の意外な言葉に、蒼蓮《ソウレン》様は一瞬だけ目を瞠った後でふわりと柔らかく笑った。

「期待しておりますよ、紫釉《シユ》陛下」

どうか、紫釉《シユ》様の願いが叶いますように。

少し気が早いけれど、文を書く道具を新しく手配しておこう。それに文には絵を添えるかもしれないから、絵具を一式揃えておかなくては。

静蕾《ジンレイ》様と顔を見合わせれば、同じことを考えていたのだとわかり、私たちはくすりと笑った。

第五章　夏のはじまりに

光燕国《コウエン》は、一年を通して涼しい時期が長い。

近隣国の中には、袖のない衣服を着る民族がいるほど暖かい国もあるそうだが、この国の夏はわずか三十日ほどで、その間も長袖で過ごすのが一般的だ。

近頃は陽が落ちるのが遅くなり、もうまもなく白夜が訪れるとその日を始まりに夏になる。

紫釉《シユ》様の寝所から、何気なく窓の外を眺める。

まだ夕暮れのような明るさで、宮廷やそのほかの屋根まで目視できた。

このあと急激に暗くなるとわかっていても、この時期は時間の感覚が狂うので過ごしにくい。

「凜風《リンファ》」

そっと寝所に入ってきた静蕾《ジンレイ》様が、優しい声で私を呼ぶ。

もう交代の時間らしい。

私は振り返ると、少しだけ微笑んでみせた。そして、眠っている紫釉《シユ》様の状態について報告する。

「今のところ、微熱程度です。嘔吐《おうと》や発疹はありません」

紫釉《シユ》様が薄めた毒を飲んだのは、昨日の朝餉《あさげ》のとき。

いよいよ本格的に、食業《しょくぎょう》が始まったのだ。

とはいえ、毒は柑橘類の甘味に混ぜて召し上がったので、紫釉《シユ》様は何も知らない。食事への苦手意識を持たせないよう、毒が入っていることを知られてはいけないので、このことを認識しているのは直接世話を行う五人だけ。

蒼蓮《ソウレン》様はずっと朝餉を共にしているので、当然このことを知っていて、まったく顔に出さずににこにこと笑顔で過ごしていた。

ただ、毒の影響で熱が出始めたと報告を受けたときには、すぐに寝所へ様子を見に来られたから、心の中では心配なんだと思う。

私も紫釉《シユ》様が心配で心配で、こうしてずっとおそばに張り付いていた。

「凜風《リンファ》、それほどまでに見つめては紫釉《シユ》様が安眠できませんよ」

「すみません！」

慌てて目を逸らす私。少しの異変も見過ごすまいと、必死になりすぎたみたい。

静蕾《ジンレイ》様はそっと私の背を撫で、困ったように眉尻を下げる。

「あなたの気持ちはわかりますが、少し気を張りすぎです」

「そうですよね……。大丈夫だと、わかってはいるんですけど」

病ではないのでひたすら寝て耐えるほかはなく、その艶やかな頬が赤くなって苦しげなお姿を見ると胸が痛む。

もしもこのまま、熱が下がらなかったら？

急に容体が重くなったら？

ふとした瞬間に不安が押し寄せる。

「さぁ、あなたは部屋へ戻って休みなさい」

静蕾《ジンレイ》様は、今日一晩ここで陛下のそばにつく。

私が再びここへ戻ってくるのは、明日の正午だと決められていた。

「紫釉《シュ》様……」

離れがたい気持ちでその寝顔を見ていると、静蕾《ジンレイ》様があえて気丈な態度で私を追い出す。

「はいはい、あなたが気に病んでもどうにもなりませんよ？　これくらいの熱で、そのような顔をしてどうするのです。明日、凜風《リンファ》の明るい顔を陛下に見せられるように、しっかり食べてゆっくり休みなさい」

そう言われると返す言葉はない。

「わかりました。これにて、下がらせていただきます」

静蕾《ジンレイ》様は紫釉《シュ》様が生まれたときからそばにいるから、これまでにも熱を出したり嘔吐したり、そんな状況を知っている。

私とは経験が違うのだ。

「紫釉《シュ》様、おやすみなさいませ」

未練たっぷりに視線を送りつつ、格子扉をずらし、私はそっと寝所を出る。

この後は、後宮の厨房に夜食を用意してもらっていると聞いているので、その膳を取って部屋に帰るだけだ。

「はぁ……」

初めてのことで、私の気持ちも足取りも重い。

実弟の飛龍《フェイロン》は、微熱があっても走り回っているくらい元気だから「風邪のときはどうだったかしら？」と思い出そうとがんばっても、ただ走っている記憶しかない。

こういうときは二胡を弾きたくなるけれど、さすがに夜中にそんなことはできず、静蕾《ジンレイ》様の言ったようにしっかり食べてゆっくり休むしかないだろう。

でも、眠れるかどうかはまた別の話だ。

繊細な細工物の灯籠《とうろう》がぼんやりと揺らめく廊下を、一人静かに歩いていく。

夜の後宮はとても静かで、遠くからフクロウのような鳥の鳴き声がわかるくらい。自分の歩く衣《きぬ》擦《ず》れの音も、やけに大きく聞こえた。

石造りの庭を抜け、厨房にやって来るとそこは煌々《こうこう》と灯りがついていて、すでに明日の仕込みを行っている料理人や掃除をしている使用人とすれ違う。

彼らがいそいそと働いているのを見ると、そういえばここは常に三交代制だと聞いたことを思い出した。

これまで私は、柳《リュウ》家の娘として何不自由なく規則正しい生活を送ってきて、寝起きする時間を意図的に変えることがこんなにつらいと知らなかった。

厨房付近にいた警備の者たちも、きっと昼夜交代して見張りについているんだろうな。

「どうかなさいましたか？」

何度か顔を合わせたことがある警備の男性が、私に気づいて声をかけてくれる。

「皆様は本当にご立派ですね……」

ついそんな言葉が漏れた。

彼は不思議そうな顔で私を見返す。

「立派、とは？」

「いえ、なんでもないです。いつもありがとうございます」

そう言ってごまかすと、彼はうれしそうに笑った。そして、わざわざ厨房の扉を開けて私を中へ誘導してくれる。

低い門構えをくぐり、私は夜食が置いてある場所へ向かう。

厨房といってもそれ専用の建物があり、とにかく広い。後宮に来て三ヶ月以上経つが、まだ道を覚えきれていないのは不安要素だわ。

団子を蒸す香りや茶葉の匂いがする廊下を進むと、ようやくお目当ての場所が近づいてきた。

するとそこで、途中にある一室から人の声が聞こえてくる。

声のした方に何気なく視線を向けると、扉の隙間から部屋の中が見え、厨房の下働きの女性と背の高い男性の姿が見えた。

向かい合った二人の間は一人分以上の距離が空いてるものの、その女性はうっとりとした表情で幸せそうに微笑んでいる。

「――――った、これからもよろしく頼むぞ」

「はい……！」

つい足を止めてしまったのは、その背中が見覚えのある人のものだったから。

髪を一つに結び、武官の姿をした蒼蓮《ソウレン》様だ。

密会ですか？　と一瞬そんなことを思うも、蒼蓮《ソウレン》様の声音が事務的というか表向きの感じだったので、恋仲というわけではなさそう。

扉を最後まで閉めていないのは、そういう仲だと誤解されないためにそうしているのか、それとも女好きという噂を流し続けるためにわざと見られてもいいようにしているのか……？

どちらにしても、私は夜食を取りに行くだけだ。

ただ、何となく気まずい感じがしたので、息を殺してその部屋の前を通り過ぎる。

いつも以上に気を遣って足を運び、ようやく夜食がある部屋に到着するとホッとした。

「はぁぁぁぁ…………」

どっと疲労感が押し寄せる。

早く自分の部屋に戻ろう。そう思った私は、竹でできた大籠の中にあった夜食を取ろうと手を伸ばした。

「これから食事か？」

「――っ！」

背後から突然声をかけられ、驚きで目を瞠った私は、あやうく夜食を落としそうになる。

慌てて両手でそれを摑むと、今度はすぐ近くから声がしてさらに驚かされた。

「すまぬ、そんなに驚くとは思わなかった」

「い、いいえ」

さっきまで別室にいた蒼蓮《ソウレン》様が、なぜここにいるのか。

私は振り返り、その顔を見上げて尋ねた。

「蒼蓮《ソウレン》様は、その」

「ん？」

聞いてもいいものなのかしら？

躊躇う私を見て、彼はすぐに察して明るく笑う。

「あぁ、さきほど通り過ぎていったのはやはり凛風《リンファ》だったか。気にするな、よくあることだ」

「ええっと……？　私は何も見ておりません、ということにした方がよろしいですよね？」

蒼蓮《ソウレン》様は、私の問いかけに首を傾げた。その堂々とした態度から、さきほどの逢瀬に見えたあれは『仕事』だったのだとわかる。

「女官たちに、大げさに話してくれてよいのだぞ？　厨房で私を見かけたと」

からかうようにそう言われ、私は反射的に拒否をした。

「言いません、そんなこと」

「なぜ？」

「なぜって、人様の行いについてあれこれ言うのは好ましくないと、母から教わりましたので」

噂話なんて、ほとんどが作り話だとも教わった。

それを伝えると、蒼蓮《ソウレン》様は困ったように目を細める。

「確かにそれは正しい。が、後宮の人間にとって噂話や秘め事を伝え聞くと言うのは、生き抜くために必要なことでもあるぞ。まぁ、皇帝付きであるからには口が軽いのは困るが」

「一体、どちらなのです!?」

混乱してつい口調を荒らげると、蒼蓮《ソウレン》様はなぜかご機嫌な様子で私の袖を掴んだ。

「今からそれを食すなら、ちょうどいい。茶ぐらい出してやるから、私の宮へ寄っていけ」

「ええっ!?」

宮って、蒼蓮《ソウレン》様の私的な邸ってことよね!?

皇族の住んでいるところへ私が気軽に、ってダメ、それだけじゃなくて未婚の娘が用事もないのに他家に出入りするのははしたないと叱られる。

しかも夜遅くになんて、父が知ったら……！

片腕で抱き込むようにして私の背を押す蒼蓮《ソウレン》様に、私は慌てて訴えかけた。

「いけません！　宮へ行くなんて」

「なぜ？」

「なぜって、こんなこと父に知れたらすぐにでも責任を取れと貴方様に迫るに違いありません！」

今、この現場を見られただけでそうなりそうなのに！　下心がまったくないとわかっていても、誤解されるような行動は慎まないといけないと思うのは私だけですか!?

必死で抗《あらが》う私に向かって、蒼蓮《ソウレン》様は「あぁ」と冷静に声を発した。

「それなら、隠れて行けばいい」

「は？」

「そこの籠に入れ」

彼が指をさした場所には、穀類を運ぶための大きな籠がある。

私が入れない大きさではないが、もしかしてこれを蒼蓮《ソウレン》様が背負って運ぶつもり!?

「籠って、籠!?　で、ございますか!?」

「そうだ」

「行かないという選択肢はないいんですか!?」

「ない」

「ないのです⁉」

意味がわからない！

唖然とする私を見て、蒼蓮《ソウレン》様は眉根を寄せた。

「紫釉《シユ》陛下に差し上げる茶を味見してもらいたい。官吏たちが、幼子の好きそうな物を取り寄せてくれたのだが、意見が割れてな。そなたも陛下の口に入るものは知っておきたいだろう？」

「それは、そうですね……」

理由はわかった。でも、このままじゃ籠に入れられる。

初めて会った日、この人は私を荷物みたいに片腕で抱えて二胡を取りに行ったのよ、今度も絶対にやる。

あぁ、お父様。お母様。申し訳ありません。これも凛風《リンファ》の運命と思って、諦めてください。

がっくりと項垂れた私は、すべてを諦めてこう告げた。

「自分で歩いて行きます……」

どうあがいても、この方には勝てない。見つかったのが運の尽き、そう思うことにした。

蒼蓮《ソウレン》様の宮は、後宮のすぐ裏側にあった。

彼が十歳のときに建てられたというこの宮は、濃茶色の壁に朱色の屋根で皇族が暮らす場所にしては驚くほど簡素な外装だ。

「ただいま戻った」

蒼蓮《ソウレン》様が、鎧を着た門番にそう告げる。執政宮から戻らない日も多いそうで、門番は蒼蓮《ソウレン》様の姿を見ると少し驚いた顔をしていた。

「おかえりなさいませ。てっきりしばらくは執政宮《あちら》かと」

「あぁ。そのつもりであったが、少々用事ができて戻ってきたのだ」

「さようでございますか」

笑顔でそう話した蒼蓮《ソウレン》様は、ちょっとだけ振り返って私のことを門番に紹介する。

「柳凜風《リユウリンフア》だ。皇帝陛下の世話係をしている」

「お初にお目にかかります」

私が挨拶をすると、彼は戸惑い、会釈をしてすぐに目を逸らす。

名乗り返さないということは、この人は平民なのだろう。宮廷にいる平民の門番は総じてこのような対応をするので、そういう決まりらしい。

身分格差は絶対なので、主である蒼蓮《ソウレン》様はともかく、他家の娘である私のことを門番が真正面から見ることもできなければ、会話を交わすこともできない。

こういうことも、私は後宮に来るまで知らなかった。

蒼蓮《ソウレン》様はいつも通りの様子で、ほかの門番が開けた扉をくぐり、中へと入っていった。

「…………」

夜とはいえ、使用人の仕事はまだ続いている。よって、私は少なくない使用人たちとすれ違う。

彼らは皆、不思議そうな目を向けてくる。原因は、私が持っている夜食だとすぐにわかった。

よく考えてみたら、この状況はちょっとおかしい。

高貴な方の宮へ、夜食の籠を抱えてお邪魔するなんて。彼らが「なぜ夜食を持って来てるの？」と目で言っているような気がした。

麗孝《リキョウ》様なら普通に問いかけてきそうだけれど、初対面の彼らが私に話しかけてくることはなかった。

さすがは皇族の宮、行き届いていらっしゃる……。

もういっそ聞いてくれればいいのに、と少しだけ思いながら、私は蒼蓮《ソウレン》様の後ろを所在なげについていった。

「こっちだ」

蒼蓮《ソウレン》様はこの微妙な空気に気づかず、まっすぐに廊下を歩いていく。

煌々と灯《とも》る明かり。長い廊下は、簡素な外装とは打って変わって煌びやかで幻想的な光景だった。

「きれい……」

銅でできた灯籠や飾り細工が吊るしてあるのを見て、私は思わずそう呟く。

紫釉《シユ》様の寝所や私室にもある、鮮やかな色を付けたガラス細工もここにあった。よそ見をするのはよくないと思いつつも、あまりの美しさに目を奪われてしまう。

「気に入ったか？」

「ええ、とても。これほど美しい細工物は見たことがございません。素晴らしいです」

感動を伝えると、蒼蓮《ソウレン》様はあははと笑った。

「職人が聞けば喜ぶ。気に入ったのなら、持って帰ってもいいぞ」

気軽にそんなことを言われ、私は苦笑いになる。

「さすがにそれは……。だって、ここにあるものはこの宮を飾るために作られたのでしょう？　とてもここに似合っていますから」

「そうか？」

「ええ。あ、でももし職人の方にお願いできるのなら、給金で買いたいです。母に贈りたいです」

文は書いたものの、きっと心配しているだろう。

皇帝陛下のお世話係を断れるはずもないけれど、私が家出したみたいに見えなくもないから、母のことを思うと申し訳なさが募る。

だから、いずれ罪滅ぼしに何か贈りたいとは思っていた。

蒼蓮《ソウレン》様は「わかった」とだけ告げる。

そして、一階にある調理場のような場所でその扉を開けた。

——シャッ……。

「雹華《ヒョウカ》、いるか？」

かまどや資材が雑多に積まれた広い空間。蒸し暑い空気がぶわっと私たちを取り囲み、一瞬にして肌が汗ばむのを感じる。

床板はなく、土がむき出しになったそこには一人の女人がいた。

薄桃色の派手な衣を着た雹華《ヒョウカ》と呼ばれたその人物は、豪華な衣装を着ているのに、その袖を紐で縛り作業をするような格好だ。

肩より少し長い亜麻色の髪も、使用人のように後ろでまとめている。

彼女は蒼蓮《ソウレン》様の呼びかけで振り返り、私たちの存在に気づくと、汗だくになっている頬や顎を手の甲で拭って笑顔を見せた。

「あら、蒼蓮《ソウレン》様おかえりなさいませ。こんな時間にめずらしい。……そちらは？」

「柳凜風《リュウリンファ》。陛下の世話係だ。所用があって連れて来た」

年は二十代後半だろうか、良家の娘だとわかる品の良さがあるのに妖艶な雰囲気も漂っている。

もしかして、蒼蓮《ソウレン》様の恋人⁉

私は慌てて挨拶をした。

「はじめまして、右丞相・柳暁明《リュウシャオミン》が娘、凜風《リンファ》にございます。このたびは、蒼蓮《ソウレン》様に連行され……ではなく、紫釉《シユ》陛下の茶を選ぶために参りました！」

雹華《ヒョウカ》様はかわいらしく小首を傾げ、ぷるんと艶やかな唇に指を添えて笑った。

「あら、あなたも訳アリ？　蒼蓮《ソウレン》様ったら、右丞相様から娘を奪ってくるなんてやるわね！」

訳アリ？　娘を奪う？

私は「とんでもない」と首を振って否定する。

当然、蒼蓮《ソウレン》様も否定してくれた。

「凜風《リンファ》はここで暮らす者ではない。世話係だと言うたであろう？　茶を飲みにきただけだ、あと夜食を食べに」

「ふぅん」

「何だ、そのおもしろくないという顔つきは。そうも訳アリの娘ばかりがおるわけではないぞ」

私はきょとんとした顔で、二人を見比べる。

雹華《ヒョウカ》様はそんな私を見て、にこりと笑みを深めた。

メリハリのある体形や容貌だけでなく、全身から放たれる色香がすごい。

これは女でもどきりとしてしまう！　この方が蒼蓮《ソウレン》様の恋人なのね……。

うん、お似合いだわ。そう納得したところで、すかさず横から否定された。

「違うからな？　雹華《ヒョウカ》はここで飾り細工や衣装を作っている職人だ」

眉根を寄せた蒼蓮《ソウレン》様は、勘違いされると迷惑だという雰囲気を漂わせる。

「職人ですか？　もしや、廊下にあった灯籠や陛下のお部屋にある飾り細工は全部……？」

女性の職人がいるなんて、思いもしなかった。私が驚いて目を瞠ると、雹華《ヒョウカ》様はうれしそうに頷く。

腕組みをしたその腕にはとても逞《たくま》しい筋肉がついていて、本当に職人なんだと見て取れた。

「雹華《ヒヨウカ》を含め、ここは三人の女人が仕事場として使っている。皆、訳アリだが放逐するには惜しい技術を持っておるのでこうして雇っているのだ」

確かに、あれほど美しい飾り細工を作れる腕はそういない。

訳アリということは、何か不祥事があって家が没落したか、どこかから逃げて来たか、とにかく聞かない方がいい事情があるのだろうな。

そこまで考えて、私ははたと気が付く。

「仕事場といっても、ここは蒼蓮《ソウレン》様の宮ですよね？　ということは、ご一緒にお暮らしで？」

それで恋人ではない、とは？

一般的には、住まいを共にするのは婚姻関係にあるか恋人か、だ。

皇族はまた違うのだろうか、と疑問に思っていると、彼は私に理解できるよう補足した。

「私がここで寝泊まりすることはない。執政宮にある私室で暮らしているからな」

「そうなのですか？　あぁ、もしや皆様のことが伝わって、女好きだと噂が？」

私の疑問に、蒼蓮《ソウレン》様は笑顔で「そうだ」と答えた。

「ちょうどよかったのだ。彼女たちの承諾を得た上でだが、利用させてもらった」

つまり、恋人ではないと。

こんなにきれいな人がいるのに、ちょっともその気にならないのかしら？

思っていることが顔に出ていたのか、雹華《ヒヨウカ》様が苦笑いでひらひらと手を振る。

「ないない。蒼蓮《ソウレン》様は屈折してるから願い下げよ」

「酷い言われようだな」

蒼蓮《ソウレン》様が、じとりとした目で彼女を睨む。

美形の睨みは迫力があるのだが、雹華《ヒヨウカ》様は慣れっこといった様子で私に向かって話しかけた。

「あなたもこの人のこと、好きじゃないんでしょ？　この人ったら、自分のことを好きな女は絶対にそばに置かないもの。皇族のくせに結婚もしないで、困ったものよね～」

からかうようにそう言った雹華《ヒヨウカ》様に対し、蒼蓮《ソウレン》様は反論する。

「そなたにだけは、屈折してるなどと言われたくないぞ。男より飾り細工がいいと言って、実家を飛び出た身であろう」

「飛び出たんじゃないわ！　追い出されたのよ！」

「どちらでもよい。そんなことより、この凜風《リンファ》がそなたの作った細工物を気に入った。母に贈りたいと言うておる」

「まぁ！　そうなの!?　うふふ、柳《リユウ》家の姫君に認められるなんて、さすが私ね！　がんばって作っちゃうわ！　で、で、で、何が欲しいの？」

勢いよく迫ってきた雹華《ヒヨウカ》様は、本当にうれしそうだった。職人としての情熱が感じられる。

私は少し背を仰《の》け反《ぞ》らせて答えた。

「あの、えっと、吊るしの灯籠か茶器を作っていただけるとうれしいのですが」

「わかったわ」

「え、早い！　いえ、でも私の給金で買えるくらいの物という条件ではありますが」

「もう～、私とあなたの仲じゃないの」

初対面ですが!?

反応に困っていると、蒼蓮《ソウレン》様が私を庇うように間に入って止めてくれた。

「雹華《ヒヨウカ》、凜風《リンフア》が困っておる。この娘は後宮に来たばかりで、そなたのような押しの強い女人には耐性がない」

「あら、そう？」

「また後日、そなたが凜風《リンフア》の部屋へゆけ。仕様はそのときに決めればよい」

蒼蓮《ソウレン》様の提案で、後日また二人で話をすることが決まる。

雹華《ヒヨウカ》様は、ここ数日は制作が詰まっているそうで、私も紫釉《シユ》様のお世話があるのでちょうどいいと思った。

「では、また」

早々に作業場を出る蒼蓮《ソウレン》様に続き、私も会釈をして廊下へ出る。

扉を閉めると、ひんやりした空気が心地よい。

「作業場は好かん。暑すぎる」

「そうです……ね!?」

首元を寛げ、顔を顰めた美丈夫がとてつもない色香を放っている。うっすらと滲む汗が、妙になまめかしい。

恋なんてしたことがない私でも、思わずくらっとしてしまうほどの妖艶さだわ。(しないけど)

「食堂はあちらだ。そなたは食事もまだだったな、行くぞ」

「は、はい」

足早に歩き始めた蒼蓮《ソウレン》様。長い黒髪がさらりと靡《なび》く。

私は夜食の籠を抱えながら、パタパタと走るようにして後を追った。


食堂は一階の最奥にあり、二階へと続く階段のすぐ横に位置していた。

「どれがいいと思う?」

広い食堂に入ると、私たちは八角形の黒いテーブルに並んで座り、めいっぱい広げられた茶葉や湯瓶の前で真剣に悩んでいた。

目の前には、色が薄い茶色のものから赤茶色のものまで十五種類の茶葉が並ぶ。

先日の夜宴にて、紫釉《シユ》様が花茶をとてもお喜びだったので、蒼蓮《ソウレン》様が今度は様々な味のする茶葉を部下に取り揃えさせたのだとか。

蒼蓮《ソウレン》様は自らそれらを淹れてくださり、私に一口ずつ飲み比べをさせて選ばせようとする。

「もち米の菓子に合うのはコレですね……。食事と一緒にいただくならコレ。このびわの茶葉は、紫釉《シユ》様にはちょっと香りがきついかと」

一通り飲んだ感想を述べると、蒼蓮《ソウレン》様は眉間にシワを寄せて考え込む。

何もお茶でそこまで悩まずとも……と思うけれど、紫釉《シユ》様に好かれたいこのお方は、蜜菓子の一件以降、贈り物を頻繁に持って後宮へ足を運ぶようになっているから仕方がない。

午睡中にやってきて、寝顔だけ見て帰ることもあるくらい。

少しずつ二人の親睦は深まっていて、最初は戸惑っていた紫釉《シユ》様も蒼蓮《ソウレン》様に心を開き始めているように感じる。

特にここ数日、朝餉の席へやってきた蒼蓮《ソウレン》様の顔を見た紫釉《シユ》様の反応が、明らかによくなったと思う。

「おはよう」と挨拶を交わすときの笑顔がとても愛くるしく、それを見た蒼蓮《ソウレン》様はうれしそうに微笑んでいる。

ただし、蒼蓮《ソウレン》様のその笑みのあまりの麗しさに、給仕の使用人たちが眩暈を起こすことも……。

それに関しては、静蕾《ジンレイ》様がどうしたものかと頭を悩ませていた。

「選択肢が多いと悩むな。いっそ値の張る順にすればよかったか？」

「その選び方はいかがなものかと」

悩み疲れた蒼蓮《ソウレン》様は、遠い目をしてそんなことを言い出す。

この茶葉も、最初は五十種類ほどあったらしい。あとは蒼蓮《ソウレン》様がどれを選ぶかだと思うので、私にできるのはここまでだろう。

すでに窓の外は真っ暗で、随分と長居してしまった。

悩む蒼蓮《ソウレン》様を横目に、私は夜食を次々と平らげていく。パクパクと野菜や魚の煮つけを口に運んでいると、ふと蒼蓮《ソウレン》様がこちらを見て言った。

「よく食べるな。その細い身体に収まるのが不思議なくらいだ」

世話係になってから、食べる量は増えていると自覚はある。けれど、食べないと身体がもたないのだ。

「食べねばやっていけぬと、静蕾《ジンレイ》様に教わりました。事実、食べねば痩せていきます。邸にいた頃とは違って、動いていますので」

柳《リュウ》家にいた頃は、体形がふくよかになると「縁談に障りが出る」「本家の娘としての体裁がよくない」などあれこれ言われ、食事も甘味もすべて管理されていた。

後宮に来てからは自由に食べているが、体形に変化はない。

紫釉《シユ》様と後宮内を歩くだけでも、食べた分を消費している気がする。

私は、ふと思い出した紫釉《シユ》様のことを蒼蓮《ソウレン》様に報告した。

「紫釉《シユ》様って、意外に活動的なのですね！　先日は池の周りを走って、麗孝《リキョウ》様とおいかけっこして楽しそうに笑っておられて」

あのときの笑顔のかわいさったら、もうときめきすぎて倒れそうだったわ。

うっとりしながらそう言うと、蒼蓮《ソウレン》様が自嘲ぎみに笑う。

「ふっ……、おとなしい方だとばかり思っていたが、それは私に遠慮してのことだったとはな」

あ、この話題はまずかったのかしら。もぐもぐと食べ進めるふりをして、私は沈黙する。

こんなとき何て言えばいいの!?

落ち込む蒼蓮《ソウレン》様は、白い陶器の茶器を手にしてごくりとそれを一口飲んだ。

「紫釉《シユ》陛下は、そなたによく懐いたものだな。それにそなたも生き生きとしておる」

その優しい顔つきを見ると、ちょっとだけ胸がざわざわする。

何となく直視しにくくて、私は食べ終わった籠に視線を落とし、蓋をして気を紛らわせた。

「今日、右丞相に会《お》うた。『そろそろ娘が音《ね》を上げる頃だと思う』と申しておったぞ」

「父がそのようなことを？」

残念ながら、私は毎日充実している。家に戻る気はまったくない。

よく食べ、よく動き、新しいことを見聞きできる今の暮らしはとても楽しい。

良家に嫁ぐことこそが女人の幸せ、幼い頃からそう言い聞かせられてきたけれど、ずっと紫釉《シユ》様のおそばで仕えたいくらいだ。

そろそろ音を上げるだなんて、失礼だわ。

不服そうな顔になる私を見て、蒼蓮《ソウレン》様は目を細めてクックッと笑った。

「明日、このことを右丞相に報告してやろう。悔しがる顔をそなたに見せてやれないことが残念だ」

ここまで言われるなんて、父はきっと蒼蓮《ソウレン》様の機嫌を損ねることを色々してきたんだろうな。

兄が間に挟まれて、右往左往する様子が思い浮かぶ。

あぁ、でも確かに楽しいことばかりではない。

つらくはないけれど、大変なことは多々あった。自分がいかに恵まれているかを、後宮にきて痛感させられている。

少ししんみりしていると、蒼蓮《ソウレン》様が目ざとくそれを察知して「どうした？」と尋ねる。

私は視線を茶器に向けたまま、曖昧に笑って言った。

「父の予想は、的外れというわけでもありませぬ。そう、思いました」

「何かあるのか？」

ちらりと横を見れば、真剣な顔をした蒼蓮《ソウレン》様と目が合う。

「私はこれまで、己のことを健康でとても丈夫な娘だと思っていました。なれど、それは母をはじめ、家の者が暮らしのすべてを整えてくれてのことだったと気づいたのです。ここに来たら、身支度はもちろん体調管理は己でやらねばなりませんので、夜の当番もあり、ここでやっていけるのかと不安はございます」

「そうか」

「はい。このような時間まで出歩いていたことなどありませんし、それに私はここへ来て、誰かのために力を尽くす苦労を初めて知りました」

楽しいとはいえ、慣れない後宮勤めは疲労もある。

調度品や設備の勝手も違うし、家族でない女官たちとの共同生活は気を遣うし、自分の世間知らずっぷりや不慣れなことを実感してばかりだ。

自分はこんなにも多くの人に支えられていたのだと、気づくまで時間はかからなかった。

「己が苦労して初めて、これまで大きな病にもならず、十七歳まで生きてこられてありがたいなと思いました」

市井では、若くても命を落とす者が少なくない。自分が恵まれていることはわかっていたつもりだったが、それはやはり「つもり」で。

実のところ、まったくわかっていなかったのだと思い知った。

私の話を聞き、蒼蓮《ソウレン》様はしばらく考えてから穏やかな声で言った。

「そなたは、よき世話役だ。ようやっておる。右丞相は私にとって面倒な相手ではあるが、よい娘を育てたと思うぞ」

父のことを認めたくはない、その気持ちが伝わってきて私は苦笑いになるけれど、よき世話役だと言ってもらえたことは素直にうれしかった。

「ありがたきお言葉です。私はこれから、紫釉《シュ》様のためにできることをすべてして差し上げたいと思います」

にこりと笑うと、彼もまた柔らかな笑みを浮かべた。

「凜風《リンファ》」

低い声が、心地いい。

もうずっとその名前で呼ばれてきたのに、蒼蓮《ソウレン》様の声色で呼ばれると特別なものに聞こえるから不思議だった。

じっと見つめられると心臓がどきどきと強く打ち始めるから、居心地が悪くなって目を逸らすと、蒼蓮《ソウレン》様がふと思い出したように口を開く。

「そなた、選定の宴に出とうなくて水浴びまでしたのに、風邪を引けなかったのではないか？」

「は？」

「そなたが規格外に頑丈であることも否定できないと、私は思うぞ」

それ、今言う必要ありますか……？

私は再び彼の方を見て、目を瞬かせる。

蒼蓮《ソウレン》様はいたってまじめに、力強く言った。

「案ずるな。猪よりも丈夫な娘だと秀英《シュイン》が申しておった。自信を持て、そなたは強い」

この高貴なお方は、どうやら私を励ましてくれているらしい。けれど、猪と比べられて喜ぶ娘はいない。本人がそれをわかっていないのが、ひどく残念だわ。

それにしても、おのれ兄上。私のいないところで一体何を話しているのです!?

ぎっと歯を食いしばる私の前で、蒼蓮《ソウレン》様は上機嫌で茶葉を纏め始める。

「蒼蓮《ソウレン》様、そのびわの茶葉は兄に飲ませてくださいませんか？　濃く、濃〜〜く淹れるようにと、使用人にお伝えくださいませ！」

苦みとえぐみは増すけれど、疲労回復にいいので毒ではない。

私が熱望すると、蒼蓮《ソウレン》様は「わかった」と笑顔で答えた。

今度後宮に来たら、無視してやるんだから。今頃すでに眠りについているであろう兄に対し、私は渾身《こんしん》の恨みつらみを心の中から念じておいた。


紫釉《シュ》様の熱が下がって五日後、後宮医から経過は良好だと判断されてようやく日常生活が戻ってきた。

今日の朝餉《あさげ》は蒼蓮《ソウレン》様とご一緒に召し上がり、昨日まではまだとろんとしていた目もぱっちりとしていていつもの元気な紫釉《シュ》様に見える。

「お加減がよろしく、何よりです」

蒼蓮《ソウレン》様がそう言うと、紫釉《シユ》様はにこりと笑った。

「龍眼《りゅうがん》と、林檎《りんご》みたいな果実がおいしかった。蒼蓮《ソウレン》が持って来てくれたと静蕾《ジンレイ》が……」

「あぁ、北方で作られている棗《なつめ》でございますね。こちらで手に入るものより甘味があって、でもさっぱりしていると聞きましたのでお持ちしました。お気に召したのなら明日も」

「いい。毎日はいらぬ」

ズバッと断られ、蒼蓮《ソウレン》様は呆気に取られている。

紫釉《シユ》様は野菜の炒め物をパクパクと食べ進めていて、そんな叔父の様子に気づかない。

幼子の無邪気な一撃を受け、蒼蓮《ソウレン》様がしゅんとしているのがちょっとおもしろい。

「ふふっ……」

控えている私と静蕾《ジンレイ》様は、お二人の様子を見てつい笑みを漏らした。

以前、蜜菓子がおいしかったと礼を言われた蒼蓮《ソウレン》様は、毎日同じものを後宮へ持ってきた。さすがに毎日はいらない、と紫釉《シユ》様を含め全員がげんなりしたのを覚えている。

きっと棗のことも、はっきりと伝えなければ毎日持ってくるだろう。しかも大量に。

近頃、紫釉《シユ》様はだんだんと物言いがしっかりしてきて、蒼蓮《ソウレン》様に対しても遠慮がなくなってきているように思う。

はっきりと「いらぬ」と言えるのも、打ち解けてきた証しだと私たちは喜んだ。

だがしばらくの後、紫釉《シユ》様の膳にぽつんと青菜の炒め物だけが残っていることに気づく。

あぁ、久しぶりにこれが出たか……。

火をさっと通した青菜は、しゃきしゃきの食感と独特の苦みがある。身体にはいいが、紫釉《シュ》様はこれが嫌いなままだった。

じぃっとそれを見つめる大きな目。食べようか食べまいか、迷っているように思う。食べたくない、という気持ちがひしひしと伝わってくる。

がんばって……！　紫釉《シュ》様、どうにか食べて……！

固唾《かたず》をのんで見守っていると、蒼蓮《ソウレン》様が紫釉《シュ》様の様子に気が付いて、全員の視線が青菜の皿へと集まる。

「「…………」」

何かしら、この緊張感は。たかが青菜を食べるだけで、異様な空気が漂っている。

誰も何も言わずに、ただ時間だけが過ぎていった。

そして、紫釉《シュ》様がちらりと蒼蓮《ソウレン》様を見る。大きな目でうるうると上目遣いに見る姿は、明らかに何かを期待していた。

それに気づいた蒼蓮《ソウレン》様は、甥かわいさで青菜に箸を伸ばす。

「「あ」」

次の瞬間、私と静蕾《ジンレイ》様は思わず声を上げる。

食べちゃった！

蒼蓮《ソウレン》様は、素知らぬふりをしてもぐもぐと咀嚼している。

いやいやいや、バレていますよ!? 私たちがおもいきり見ています!! なぜごまかせると思ったんですか!?

紫釉《シユ》様は喜んでいるけれど、私の隣で静蕾《ジンレイ》様が怒っているのが感じられる。好かれたいからって、その点数稼ぎはまずいのでは?

すっと彼のそばに寄った静蕾《ジンレイ》様は、笑顔で一言告げた。

「ダメですよ……? 蒼蓮《ソウレン》様」

その圧の恐ろしいことといったら、背筋が凍るほどだった。女官長として、世話係の代表として、紫釉《シユ》様のためにならないことは許しませんという怒りを感じる。

蒼蓮《ソウレン》様は小さな声で「すまぬ」と言って目を逸らす。

紫釉《シユ》様も怒りを感じ取ったようで、気まずそうに目を伏せていた。

皇族であろうが最高位執政官だろうが、後宮では静蕾《ジンレイ》様が一番強い。結局、青菜は追加で届けられ、紫釉《シユ》様は嫌そうに顔を歪めながらそれを食べることとなった。

朝餉が終わる頃になり、蒼蓮《ソウレン》様が取り寄せた茶が紫釉《シユ》様のもとへ運ばれてくる。艶やかな色使いの茶器は、先日蒼蓮《ソウレン》様の宮で会った雹華《ヒョウカ》様の作ったものだ。

琥珀色のお茶の表面には、花弁が三枚浮いている。

今日は時間があるという蒼蓮《ソウレン》様も一緒に茶を楽しみ、私はその間、二胡を奏でることになった。

「そなたの二胡は、夜宴以来だな」

紫釉《シュ》様にはほとんど毎日弾いているけれど、蒼蓮《ソウレン》様のいらっしゃる場で弾く機会はあまりない。

それならば、と私は蒼蓮《ソウレン》様に尋ねてみた。

「ご希望の曲はございますか？」

どんな曲がお好みなのだろうか？

蒼蓮《ソウレン》様とはよく話す間柄ではあるが、紫釉《シュ》様にまつわること以外はほとんど知らない。

とはいえ、彼がどう答えるかはだいたい予想がつく。

「……紫釉《シュ》陛下がお好きな曲を」

くすりと笑った私は、わかりましたと言って席に着く。

演奏するのは、紫釉《シュ》様が好きな雨の日の唄だ。ゆったりとした気分になれる曲だから、朝餉の後にのんびり過ごす今の時間にもぴったりだ。

静かな後宮に二胡の伸びやかな音色が広がる。

蒼蓮《ソウレン》様からいただいたこの二胡は、低音も高音もとても美しく、かなりの名器だった。

紫釉《シュ》様の回復は喜ばしいし、その上、お二人の関係も良好となれば弾き手である私の心も軽くなり、演奏はこれまで以上に順調に進んだ。

ところが、そろそろ曲も終盤という頃になって、奥の扉がそっと開く。

やって来たのは私の兄で、蒼蓮《ソウレン》様を呼びに来たのだとすぐにわかった。

けれど、伝令としてやってくるのは私の兄ではないはず。何事かしらと思っていると、兄は座っている蒼蓮《ソウレン》様のそばに片膝をつくと真剣な顔つきで耳打ちをした。

蒼蓮《ソウレン》様は穏やかな表情が一変し、小さな声で「わかった」とだけ告げた。

兄が出て行ってすぐに、私の演奏は終わる。

紫釉《シュ》様は隣に座っていた蒼蓮《ソウレン》様を見上げ、心配そうに尋ねた。

「もう行くのか？」

もう少し一緒にいられると思っていたのに、とその瞳が残念そうだ。

蒼蓮《ソウレン》様は立ち上がり、控えめに笑って言った。

「はい、所用ができましたゆえ」

「そうか」

「それに、紫釉《シュ》陛下にもお仕事が……。詳細は夕刻にお知らせいたしますが、『皇帝陛下』として審議に出席していただきます」

皇帝陛下として。つまりは、政で大きな裁可が必要になるということだ。

蒼蓮《ソウレン》様は一礼し、すぐに部屋を出て行った。

静蕾《ジンレイ》様がその後を追っていったから、準備について聞いて来てくれるだろう。

私は二胡を置き、座っている紫釉《シュ》様のそばに片膝をつく。

「お茶を飲んだら、書閣へ行きましょう。午前中の予定に変更はないでしょうから」

夕刻にまた詳細を、ということは、それはつまり夕刻までは詳細がわからないということ。

私たちは正装の準備をしたり食事内容を変更したり諸事の確認があるが、紫釉《シュ》様ご自身の動きは特に変わらないはず。

「わかった」

短く返事をした紫釉《シュ》様は、お茶を飲み干し、元気よく席を立つ。そして着替えをするべく、麗孝《リキョウ》様と共に移動を始めた。

室内の片づけを使用人に任せ、私は二胡を持って後を追う。廊下を歩きながら、一体夕刻に何があるのだろうと考えた。

知らせを持ってきたときの、兄の真剣な様子が妙に気になったのだ。

紫釉《シュ》様のおそばにいると後宮内の出来事しかわからないけれど、世の中は確実に動いていて、蒼《ソウ》蓮《レン》様や兄は日々大きなことに関わっているのだと思うと漠然とした不安が胸に巣くう。

前を歩く小さな背中は、国の頂点に立つ皇帝なのだと思い知らされたような気がした。

どうか紫釉《シュ》様のお心が平穏無事でありますように。そう願わずにはいられなかった。

黒と赤で統一された玉座の間。

新年の顔見せや即位式、新しい法案や政策について宣言を行うときなどで使用されるこの場所に、私の父・柳《リユウ》右丞相をはじめ、李《リ》、高《ガオ》、朱《シユ》、蔡《ツアイ》という五大家の顔ぶれがあり、そのほか大臣らおよそ二十名が集められている。

壇上には、玉座に座る紫釉《シユ》様。

金糸の刺繍が鮮やかな黒い衣装を纏い、五角形の冕冠《べんかん》を被った皇帝らしい姿で玉座に座っている。

少し小さめの肘置きや、足が浮かないよう台座も用意されていて準備は万端だ。

玉座の傍らには、白銀色の正装に青い帯の蒼蓮《ソウレン》様が凛々しい顔つきで控えている。

私と静蕾《ジンレイ》様は、ほぼ全員の姿が見える幕裏からその様子を見守っていた。

通常、世話係が待機する必要はないのだが、紫釉《シユ》様がまだお小さいということもあり、蒼蓮《ソウレン》様の配慮でこうしている。

一見すると、重鎮たちが集められた議会に思えるが、実は今日の主題は李《リ》家への裁可だと兄から直前に聞かされた。

柳《リユウ》家も野心家の父が右丞相として権威を振るっているが、李《リ》家に関しては他家を貶《おとし》める行為や悪行が目立つそうで、当代の長である左丞相の増長が問題になっていたのは知っている。

蒼蓮《ソウレン》様を騙すようにして紫釉《シユ》様の皇后選びを執り行った一件だけでなく、「紫釉《シユ》様がいなければ蒼蓮《ソウレン》様が皇帝に……」という話を聞かせることで、二人の関係性に亀裂を入れようとしたことで執政宮全体の怒りを買ったという。

先帝様が亡くなって二年、蒼蓮《ソウレン》様が忙しさゆえに目を瞑ってきたのをいいことに、国内各地で様々な悪行を働き、このたびそれが数多の証拠と共に露見したのだ。

よく見ると兄は以前より痩せていて、仕事が忙しかったんだろうと予想できる。「大丈夫ですか？」と尋ねると、乾いた笑いを浮かべていた。

前半に議題に上がった治水工事や砦《とりで》に詰める兵の徴収についてはすんなり話が決着し、いよいよ本題という頃になって蒼蓮《ソウレン》様の補佐官が紫釉《シユ》様に書簡を手渡した。

左丞相の裁可は、皇帝陛下が直々に処分を告げなくてはならない。

当然、それに至るまでは蒼蓮《ソウレン》様が粛々と進めるのだが、紫釉《シユ》様にとっては最後の一言こそが大仕事であり、私たちの間に緊張感が走る。

しんと静まり返ったところで、蒼蓮《ソウレン》様が冷酷な眼差しで罪人の名を呼んだ。

「左丞相、李仁君《リレンジュン》。そなたの所業に関して数々の直訴状が届いておる」

私の父の隣にいた白髪の男性は、そう言われても余裕の笑みを浮かべていた。

どうにか言い逃れできると思っているみたい。

「李《リ》家の繁栄を妬む者は多いですからなぁ。蒼蓮《ソウレン》様は、愚か者どもの言葉を信じると？」

やれやれ、とあざ笑うかのような態度は皇族に対して失礼極まりないが、これまでそれで許されてきたんだろう。

まだ年若いと、蒼蓮《ソウレン》様のことを侮っているようにしか思えない。

左丞相の態度に蒼蓮《ソウレン》様が絶対零度の微笑で応じ、そばにいた兄や官吏たちが震えている。

紫釉《シユ》様はピシリと凍り付いたように動きを止め、人形のように固まっていた。

幼子をこのような場に出したくはないが、紫釉《シユ》様は五歳といえ皇帝陛下。避けることができないのだと、胸が痛む。

蒼蓮《ソウレン》様は冷酷な目で左丞相を見下ろし、淡々と言った。

「この場で不毛なやりとりをするほど、私に遊び心はない。若輩者は忙しいのでな。冥土の土産をくれてやる時間も惜しいのだ」

「――っ！」

左丞相の前に、上級官吏がやってくる。

そして、床の上にバラバラと書簡を投げ落とした。それらには、左丞相の悪事の証拠が記されているみたい。

「李仁君《リレンジュン》。親族の商いを助けるために不当に街道を占拠して民を虐げたこと、密輸船の運航に手を貸したこと、南部地域にて薬の販売権を独占し法外な利益を得たこと……すべて証拠が揃っている」

「なっ!?」

慌てて書簡を拾い、それらに目を通す左丞相は明らかに動揺していた。

蒼蓮《ソウレン》様はそこへさらに追い打ちをかける。

「あぁ、そうだ。私は優しい男ゆえ、執政宮へ暗殺者を送りこんだことは見逃してやってもいい。ときには刺激がないと人は堕落するからな」

その言葉に、大臣らは一斉にざわめく。

それと同時に、麗孝《リキョウ》様やその部下たちが縄で縛った男たちを連れてきて、彼らが蒼蓮《ソウレン》様の命を狙ったのだとわかった。

「そのような者は知らん！」

言い逃れようとする左丞相だったが、同じく縄で縛られた官吏や武官が連れて来られると言葉を失って愕然とする。

李《リ》家の縁者で、左丞相と懇意にしていた者たちだ。彼らが暗殺者を手引きしたのは間違いなかった。

李《リ》家が紫釉《シユ》様を傀儡にして権力を振るおうとしていたことは私も知っていたけれど、まさか蒼蓮《ソウレン》様を亡き者にしようとして暗殺者まで送りこんでいたなんて……！

うちの父は野心家だけれど、そういう手段は絶対に取らないと言いきれる。

人の命を何だと思っているのか、と嫌悪感で身震いするほどだ。

「わ、私は何も知らない……」

この期に及んで言い逃れようとするのを見て、蒼蓮《ソウレン》様はさらに語気を強める。

「ほぉ、何も知らないと？　そのような体たらくで、五大家の当主が務まるとは笑わせる」

「くっ……！」

空気が極限まで張りつめ、全員が固唾をのんで状況を見守っていた。

蒼蓮《ソウレン》様への畏怖だけではなく、これまで権力を振るってきた李《リ》家をそこまで追い詰めることができるのかと驚きも広がっている。

そこですかさず、蒼蓮《ソウレン》様は笑みを浮かべながら言った。

「あぁ、ここへ証人も呼んであるぞ。そなたの嫡子・睿《ルイ》だ」

「!?」

左丞相のそばに大柄の男性が近づいていく。

上級武官である彼のことは、宴などで顔だけは知っていた。端正な顔立ちのその人こそ、父が私に嫁ぎ先として挙げた李睿《リルイ》様だった。

彼は父である左丞相を見下ろし、悲しげに告げる。

「もう終わりにしましょう。李《リ》家を国賊にするわけにはいきません」

「おまえ……！」

李睿《リルイ》様は、父親の悪行に手を貸さず、蒼蓮《ソウレン》様についた。その顔つきからは、そこに相当な葛藤があったことが感じられる。

けれど、李《リ》家を国賊にするわけにはいかないというその言葉通り、父親を裏切ってでも蒼蓮《ソウレン》様とこの国を選んだのだ。

子に裏切られた怒りに震える左丞相。そこに反省の色はなく、憎しみを漂わせている。

蒼蓮《ソウレン》様は、そんな左丞相の態度に心底呆れたという風に冷たい声で言った。

「ほかにも余罪はある。後宮の厨房に間者を送り、毒を仕込めと命じた罪はどう言い訳する？　まさか記憶がないなどと言うまいな」

後宮の厨房に？

何も知らなかった私は、隣にいた静蕾《ジンレイ》様を思わず見つめる。

すると彼女は、言いにくそうに小さな声で言った。

「私とあなたを亡き者にして、李《リ》家の縁者を世話係にするつもりだったようです。先日、蒼蓮《ソウレン》様が厨房の者から毒の件を聞きだしたと」

それって、私が夜食を取りに行ったときに見かけたあの……？

蒼蓮《ソウレン》様が女の人と話していたのは知っていたけれど、まさかそれが毒を仕込む計画を聞き出していたとは思いもしなかった。

床に膝をつき、苦悶の表情を浮かべる左丞相は、もはや言い逃れはできぬと悟ったらしい。

李睿《リルイ》様は、険しい顔つきで立っていた。

「左丞相よ」

蒼蓮《ソウレン》様は、壇上からゆっくりと下りていく。

静まり返った空間に、カツカツと高い靴音が反響する。彼は、美しいが殺意を宿した目で左丞相を見下ろした。

「これまでの功績に免じ、命は助けてやろう。ただちに隠居し、療養所で余生を過ごすがいい。飽きぬよう、楽しい余興もたくさん用意してある。これまでご苦労であったな」

その療養所とは、監獄のことではないか。この場にいた全員が同じことを想像し、ごくりと生唾を飲み込む。

私の父だけが、顔色一つ変えずにその場に座っていた。

左丞相がぐったりと脱力したのを見届け、蒼蓮《ソウレン》様は優雅に衣をなびかせ壇上へと戻っていく。

そして、恐怖で支配された空間に高く愛らしい声が響いた。

「左丞相、李仁君《リレンジュン》。本日を以てその役目を解き、その身柄を拘束する」

紫釉《シユ》様の言葉を以て、彼の処分は決定した。

少年皇帝の仕事はここまでで、官吏に付き添われてこの場を後にする。

去り際に、紫釉《シユ》様はちらりと蒼蓮《ソウレン》様の方を振り返った。

左丞相を睨みつける蒼蓮《ソウレン》様は、朝餉の席と同一人物とは思えないほど鋭い雰囲気で、彼は退出する紫釉《シユ》様に目を向けることはなかった。

第六章 慰めと励ましと

李《リ》左丞相が問責され、裁可されたその日の夜。

紫釉《シユ》様のそばにつく私は、夕餉《ゆうげ》のあとに二胡を弾いていた。

なるべく心穏やかに眠りにつけるように……と思ったけれど、紫釉《シユ》様にとってあの場は負担が大きかったようで、湯あみのときから落ち着きがなく、いつもと様子が違うように見える。

「杏鈴《シンリン》、甘いものが欲しい」

突然、紫釉《シユ》様が宮女にそう命じ、彼女は急いで厨房へと走っていく。ほかの者は片づけなどに手を取られているため、今この寝所には紫釉《シユ》様と私だけになる。

紫釉《シユ》様はしばらくじっと座って二胡を聞いていたけれど、ぴょんと勢いよく寝台から下りて廊下へ出て行こうとした。

「紫釉《シユ》様!?」

私は慌てて二胡を置き、そのお姿を追う。

「どうなさいました？　何かご入用ならば、私が」

そう声をかけると、振り返った紫釉《シユ》様は私の腰に抱き着く。

驚きつつもその細い身体を両手で支えると、顔を上げた彼は今にも泣きそうな顔で訴えかけた。

「静蕾《ジンレイ》はどこだ？　連れてまいれ、今すぐに」

彼女は今、麗孝《リキヨウ》様と一緒に見回りと戸締りの確認に向かっている。

その後は休息を挟んで、再びここへ戻ってくると聞いていた。

「紫釉《シユ》様、静蕾《ジンレイ》様は今しばらく戻りませぬ。凜風《リンファ》がそばにおるのではいけませんか？」

床に膝をつき、抱えるようにして抱き締めても、紫釉《シユ》様は嫌だと何度も首を横に振る。

「静蕾《ジンレイ》がいい！　静蕾《ジンレイ》を呼べ！」

「紫釉《シユ》様……」

いつもと違う裁可の場に出たことで、あの恐ろしい空気に怯《おび》え、心細くなっているのだろうなと思った。

紫釉《シユ》様が静蕾《ジンレイ》様を求めるのも無理はない。

悲しいかな、やってきて間もない私に静蕾《ジンレイ》様の代わりはできなかった。

とことん不機嫌になってしまった紫釉《シユ》様を宥《なだ》められるのは、静蕾《ジンレイ》様しかいない。

「わかりました、静蕾《ジンレイ》様を呼び戻しますので、寝所で共に待ちましょう」

「うん……。すぐだぞ？　約束ぞ？」

「はい。静蕾《ジンレイ》様が来てくれますからね？」

私は近くにいた武官に静蕾《ジンレイ》様を連れてくるように頼み、夏とはいえ少し冷える廊下から寝所へ引き返す。

紫釉《シユ》様は私が抱きかかえると抵抗せず、しがみつくようにして寝台までおとなしく連れ戻されてくれた。

「大丈夫ですよ、何も怖いことはございません」

そばに腰を下ろし、その小さな手を握ってどうにか宥める。

涙目の紫釉《シユ》様は、静蕾《ジンレイ》様が戻ってくるまでずっと私の手を摑んだままだった。

静蕾《ジンレイ》様と入れ替わり、紫釉《シユ》様の寝所から出て数分。いつになく身体が重く感じるのは、心がどんより曇っているからだわ。

ため息が出そうになるのを堪えながら、二胡の筒を持ち白夜の庭を一人で歩く。

愛らしい紫釉《シユ》様。

屈託のない笑顔、私の名を呼び駆け寄る姿、楽しそうに遊ぶ子どもらしいところ。近頃は随分と色々な表情を見せてくれるようになった。でも――

「はぁ……」

池のほとりにやってくると、二胡を抱きかかえるようにしてしゃがみ込む。

私は今、自分の不甲斐なさに打ちひしがれていた。

静蕾《ジンレイ》様が戻ってきた瞬間、紫釉《シユ》様は寝台から飛び降りて抱き着いた。

つらいときそばで慰めることができるのは私じゃなくて静蕾《ジンレイ》様なのだと、目の当たりにして落ち込んでしまっている。

わかってますよ!?

静蕾《ジンレイ》様は生まれたときから一緒にいて、紫釉《シユ》様のことを一番わかっていて、強い絆があるってことは！

たかが四ヶ月程度の世話役に完全に懐いたら、それこそ静蕾《ジンレイ》様の方が傷つく。

わかってる！　わかってます!!

でも、紫釉《シユ》様があれほどつらそうになさっているのに、私は何もできなかった。

余裕のあるふりをしても、大人ぶってみても、私は子を産んだこともなければ誰かの世話をしたこともないただの娘で……。

どうしようもなく気分が落ち込む。

――これからがんばればいい。

――何年もかけて、信頼関係を築いていけばいいじゃない。

そんなことを何度も胸の中で繰り返すけれど、このもやもやは晴れない。

ぎゅうっと二胡の筒を抱き締めると、頬に当たるそれはひんやりとしていた。

瞼を閉じると、じんわり涙が滲んでくる。

こんなことではいけない。

柳《リユウ》家の娘として、紫釉《シユ》様の世話係として、情けない姿は人に見せたくない。

どこかで気分を落ち着かせなければ、そう思った私は顔を上げる。

周囲を見回すと、池の中央にある四阿《あずまや》が目に入った。あそこなら、二胡を弾いても後宮の建物には音が届かない。それに白夜だから、誰かが近づいてきたらすぐに見えるだろう。

引き寄せられるように、そちらに足が向いた。

石橋を歩いていると、少し強い風にあおられ、淡い紫色の裾がひらひらと揺れる。

そういえば、紫釉《シユ》様とお散歩のときに何度もここへ来たな……と思い出した。

水面に魚影を見つけては興味津々といった様子で覗き込み、落ちる直前で麗孝《リキヨウ》様に捕まえられていた紫釉《シユ》様の姿は私の記憶に鮮明に残っている。

とぼとぼと肩を落として歩いていくと、八角形の赤い屋根の四阿の中で、丸い机の陰に大きな荷が置いてあるのが見えた。

「？」

誰かの忘れ物か、それとも……？

不思議に思って近づいていくと、荷に見えたそれが人であることに気づく。床に座り、机に背を預けたその人は、艶やかな黒髪がさらさらとときおり風に揺れていた。

白銀色の衣に藍色の羽織を纏った姿は、見覚えがありすぎる。

「蒼蓮《ソウレン》様……？」

なぜ床に座って、ぼんやりと池を眺めているの？　しかもこんな時間に、後宮の一角で？

思わず声をかけると、彼はゆっくりとこちらを見た。

そのけだるげな目は少し淋しげで、投げやりなようにも思える。

「そなた、なぜここへ？」

驚いたようにそう尋ねられ、私は思わず苦笑した。

「それは私の方が伺いたいことです」

「……………」

少し手前で立ち止まっていると、蒼蓮《ソウレン》様が小さな声で「こちらへ来い」と言う。

邪魔ではないのだろうかと思いつつも、私はゆっくりとそばへ歩み寄る。そして蒼蓮《ソウレン》様の位置から近い椅子に座ると、同じように水面を黙って眺めることにした。

その雰囲気から「あぁ、この人も落ち込んでいるんだな」と何となく察する。

この人が落ち込むとしたら、私と同じく紫釉《シュ》様絡みのことだろう。

沈黙が気まずくて、私は何気なく口を開く。

「すみません、声をかけてしまって。もしや泣いておられましたか？」

軽口を言った私に、彼はちょっとだけ眉を顰《ひそ》めて呆れたように答える。

「私のことをいくつだと思うておるのだ。誰かを泣かせることはあっても己が泣くことはない」

「それは失礼を」

「かまわぬ」

ふっと笑ったその顔は、何だか淋しそうだった。

朝餉の時間などで毎日そのお顔を見ていれば、蒼蓮《ソウレン》様が今どんなお気持ちなのかは何となくわかるようになっている。

でも、こんな風に様子の違う彼は初めてだ。私はどうしていいものかと戸惑い、何か言おうとしては言葉を飲み込む。

李《リ》家のことは、いつから知っていたのか？

紫釉《シュ》様を守るために、どれほど策を練り、用意周到に事を進めたのか？

それに、私と静蕾《ジンレイ》様が狙われたことも気になる。

聞きたいけれど、今この雰囲気でそれを私から尋ねる勇気はなかった。

すると、長い沈黙の後に蒼蓮《ソウレン》様がぽつりと言う。

「――――此度のことは、致し方なかった」

「はい」

私は、蒼蓮《ソウレン》様の横顔をじっと見つめた。

長い髪を緩やかな風が撫で、蒼蓮《ソウレン》様は頬にかかった髪を指で掬い耳にかける。

「皇帝として、紫釉《シュ》陛下があの場におらねば裁可は行えぬ。すべては法に従ったまで」

紫釉《シュ》様の怯えた様子には、蒼蓮《ソウレン》様も気づいていたらしい。

仕方のないことだと言いつつも、その声にはかすかな迷いや後悔が滲んでいた。

「近頃は随分と打ち解けてきたと思うたのだがな。今日のことで見せたくない姿を見せてしまった。……紫釉《シュ》陛下を怖がらせてしまった」

今の蒼蓮《ソウレン》様は、李《リ》左丞相に対しあれほど冷酷な目で断罪した執政官と同じ人物とは思えない。

儚げで、見ていると胸が切なくなってくる。

私は躊躇いつつも、少しでもこの人を励ましたくて必死で伝えた。

「今日のことがあったとしても、蒼蓮《ソウレン》様と紫釉《シュ》様が過ごした時間はなくなりません。大切に想うお心は、伝わっているはず……。それに此度のこと、何も間違ってなどおられません」

皇族として生きるからには、きれいごとだけではやっていけないだろう。

まして、紫釉《シュ》様がまだ五歳と幼い今の状況では、蒼蓮《ソウレン》様が背負っているものは相当に大きいはず。

真剣な目で訴えかけると、蒼蓮《ソウレン》様は「そうか」とだけ言った。

私はお腹の前で手を組み合わせ、さらに言葉を続ける。

「それに厨房でのこと、自ら動かれる必要はないはずなのに、わざわざご自身で真偽を確かめてくださったんですよね？　私をあの後ご自身の宮へ連れて行ったのも、何か理由があったのでございましょう？」

茶を選ぶためとおっしゃっていたが、それは翌日に後宮でもできたはずで。違和感が残る行動には、やはり理由があったらしい。

蒼蓮《ソウレン》様は遠くを見たまま、事情を説明してくれた。

「あのとき、麗孝《リキョウ》たち護衛の者にそなたと静蕾《ジンレイ》の部屋をあらためよと命じた。すでに何か仕掛けられていていてはいないかと、調べるために。そなたが知れば、怯えるかもしれんと思ってな。せっかくの世話係が辞めたくなるようなことがあっては、困るのでな」

まったく気づかなかった。まさか私が蒼蓮《ソウレン》様の宮で夜食を食べ、茶葉を選んでいるうちにそんなことが行われていたなんて……。

「ありがとうございます。知らぬ間に守られていたのですね」

そう告げると、蒼蓮《ソウレン》様は少しいじわるく口角を上げた。

「そなたに何かあって、右丞相に反乱を起こされたらかなわぬ」

「まぁ……。父なら反乱よりも交渉で手堅く利を得ようとしそうですが？」

「ははっ、そうだな。そうならないよう今後も善処したいところだ」

私もつられてくすりと笑う。

すると蒼蓮《ソウレン》様は、突然に話題を変えた。

「で、そなたはなぜここへ来たのだ？　秀英《シュイン》じゃあるまいし、私を探しにきたわけではなかろう？」

あぁ、それを聞きますか？

私は気まずさから目を伏せる。

「えーっと、ちょっと二胡を弾きに？」

「ここで？　紫釉《シユ》陛下に聴かせて差し上げればよいのに」

不思議そうにそう言われ、言葉に詰まった私は観念して白状した。

寝所で二胡を弾いていたら、紫釉《シユ》様に『静蕾《ジンレイ》がいい！』と言われたこと。

静蕾《ジンレイ》様から「ここは大丈夫だからもう休みなさい」と言われたこと。

自分の不甲斐なさに落ち込んで、ふらふらとこうして四阿へ来てしまったことを……。

「わかっているのです、今の私では紫釉《シユ》様の力になれないことは。時間が解決してくれることもわかっているのですが」

この虚しさや苦しさは、何と表現すれば？　こんな感情はこれまで知らなかった。

適当な言葉が見つからず、唇を引き結んで下を向いていると、蒼蓮《ソウレン》様がなぜか納得したように言った。

「そうか、泣いていたか」

まさかの言葉に、私は思わず顔を上げる。

「泣いていませんよ、蒼蓮《ソウレン》様とは違いますので」

しれっとそう返すと、彼はすぐに反論した。

「いや、私も泣いておらぬと申したぞ」

「あら、そうでしたか？」

少しばかり笑い合うと、スッと立ち上がった蒼蓮《ソウレン》様は私の隣にやってきて腰を下ろした。

袖が触れる距離に、どきりと心臓が跳ねる。

「そなたが紫釉《シュ》陛下を想う気持ちは伝わっておると思うぞ。そう焦るな」

少しでも、紫釉《シュ》様の淋しさを埋めてあげたい。

あの小さな手が届く場所で、ずっと見守っていたい。

でも、必要とされていないかもしれない。そんな不安が胸に巣くう。

「今、役に立ちたいって思ってしまうんです。今、紫釉《シュ》様の力になれないことが悔しいのです。信頼されていないんだなって実感して、それが情けなくて」

こんな泣き言を漏らしてどうなるのか。涙こそ流れていないが、心の中でわんわん泣いてしまっている。必要とされたいだなんて、自己満足に過ぎないのに。

俯いていると、視界の端に大きな手が近づいてきて、そして肩に触れる直前でその動きを止めるのが見えた。

一体何なのかと横目で蒼蓮《ソウレン》様を見ると、彼も自分の手を見つめて考え込んでいる。

「どうなさいました？」

戸惑いながら尋ねると、彼は深刻な声色で答えた。

「女人を励ますときは肩を抱いてやればそれでいいと思っていたが、凛風《リンファ》にそれは違うのではないかと迷っていた」

「はぁ……？」

私は、訝《いぶか》しげに首を傾げる。

すると、彼は気まずそうな空気を醸し出した。

「気にするな。なかったことにせよ」

「ええ」

それはさすがに無理というものでは？

蒼蓮《ソウレン》様はふいっと目を逸らし、失敗を見つかった子どものような顔つきになる。

もしかして、うまく慰められなかったことを気にしていらっしゃる？

意外に繊細なんだなと思うと、ちょっとかわいらしく思えてきた。

「ありがとうございます。励まそうとしてくださった、お気持ちはありがたいです」

私が礼を述べると、彼はまた水面をぼんやりと見つめて言った。

「案じることはない、紫釉《シユ》陛下もそのうち落ち着かれよう。毎日そばでついておると、信頼も次第に深まるはずだ」

「はい」

「第一、信頼だ何だと申すが、生まれたときからそばにいてもたいして信頼を得られていない男がここにおる」

「あ」

しまった。ここにも、ある意味でお仲間がいた。

どうしよう、何て励ませばいいの!?

冷や汗が背中を伝うような感覚になる。

「だ、大丈夫です。これからです」

悩んだ結果、私の口から出たのはそんなありきたりな励ましだった。

蒼蓮《ソウレン》様は、投げやりな雰囲気で笑った。

「そうだな。共に励もう」

「そうですね。一緒にがんばりましょう」

何をがんばるのか。そこは触れてはいけない。

「――好かれたいな。紫釉《シュ》陛下に」

「――好かれたいですね。紫釉《シュ》様に」

何も解決してはいないけれど、ここには妙な一体感が生まれていた。

だんだんとおかしくなってきて、私はくすくす笑い始める。

「ふふっ、何だか気が落ち着きました」

紫釉《シュ》様のお心がどうあれ、私にできることはやはりそばでお支えすることだけなのだ。

どれほど落ち込んでも世話係を辞めようとは思えないし、明日もあさっても、ずっと私は紫釉《シュ》様のそばにいたい。

蒼蓮《ソウレン》様は、急に笑い始めた私を見て不思議そうな顔をしていた。

「なんだ？　もう泣くのは終わりか？」

話を蒸し返され、私は即座に否定する。

「だから泣いていませんって」

このやりとりが気に入ったのかしら？

いつも通りに戻ったように感じる蒼蓮《ソウレン》様を見ていると、ふとあることを思いつく。

「あの、もしもですよ？　もしも私の兄が泣くほど落ち込んでいたら、どのように励ましますか？」

部下を励ますというのもおかしな話だけれど、もしも私ではなく兄が落ち込んでいたらどうするのかと思い尋ねてみた。

「ふむ。秀英《シュイン》が落ち込んでいたら、か」

顎に手を当て、真剣に考える蒼蓮《ソウレン》様。ところがそう時間を置かず、予想外の答えが返ってくる。

「とりあえず、生きているだけマシだと思えるような目に遭わせる。なぜ落ち込んでいたか忘れさせてやろう」

「!?」

逃げてー！　兄上、逃げてー！

蒼蓮様《ソウレン》がまじめにそんなことを言うから、私はぎょっと目を見開いた。

「まぁそれは冗談だ。二割ほどな」

「冗談の部分が少ないですよ!?」

狼狽えていると、今度は彼が私に疑問を投げかける。

「ならば、そなたはどう励ます？　私も今落ち込んでおるぞ、励ましてみよ」

えらく尊大な態度でそう言われ、私は顔を引き攣らせた。

「励ませと申されましても……。何だか楽しそうに見えますが？」

元気ですよね？　私をからかってやろうという気持ちが伝わってきますよ！

しかし蒼蓮様《ソウレン》は、わざとらしく胸に手を当て嘆くそぶりをする。

「いや、落ち込んでいる。胸が痛くて倒れそうだ。頭痛と眩暈がして、全身に震えもある」

「それはもはや奇病では!?　励まし程度で何とかなります!?」

「ははは、そなたに叱咤《しった》されるとやる気が出そうだ」

そんなバカな。

気づけば、蒼蓮様《ソウレン》は前のめりになって近づいて来てるし、いじわるく口角を上げた顔はどう見ても楽しんでいる。

「私はそなたの遠慮のない物言いを気に入っている。何か不満でも苦情でも言うてみよ、罵倒しても構わん」

「正気ですか!?」

「あははは、正気などとうに捨てた。皇帝代理が正気で務まるか！」

何なのそれ……！

じりじりと迫ってくる美丈夫を前に、私はだんだんと後退する一方で。それなのに、蒼蓮《ソウレン》様はとにかく楽しそうに笑っている。

「無理ですよ、いきなりそんなこと言われても……！」

「おまえなどクズだと罵ってくれ」

「怖いです！」

冗談なのか本気なのか。私が嫌そうな顔をすると喜ぶのを見ると、おかしな趣味があるのではと疑ってしまう。

だいたい、距離が近すぎる！

家族以外の男性とこれほどそばに寄ったことがなく、しかも相手が相手なわけで。

誰もが見惚れるような蒼蓮《ソウレン》様がこんなに近くにいて、私だって平常心でいるのは無理だった。

私が激しくなる心臓と格闘しているのに、蒼蓮《ソウレン》様は嬉々としてにじり寄ってきて腹も立ってくる。

こんなに人を動揺させておいて、自分は楽しむなんて……！

「蒼蓮《ソウレン》様」

「ん？」

もし、この人の望むことの逆のことをしたらどうなるのか。

私は覚悟を決めて、行動に移す。

蒼蓮《ソウレン》様の大きな右手を両手でつかみ、目を見て真剣に訴えかけた。

「貴方様は、ようがんばっておいでです」

皇族に「がんばっている」など上から目線だと思いつつも、この人がこれまで紫釉《シユ》様を守るためにがんばってきたのは誰にでもわかることで、その道が過酷なものだったとは想像がつく。

ちょっとおかしな人だけれど、先帝様が早逝したにも拘らずこの国が平穏でいられるのは、間違いなく蒼蓮《ソウレン》様の手腕のおかげだと思う。

「皇族としての責務を正しく全《まっと》うされて、この国を導いてくださっているのは蒼蓮《ソウレン》様でございます。裁可するのはお役目ですので避けられぬことでしょうが、紫釉《シユ》様のみならず蒼蓮《ソウレン》様もおつらい思いをなさったでしょう？」

悪事を働いた者に厳しい処罰をするのは当然だが、これまで共に執政を行ってきた者たちに裏切られたり欺かれたり、それで心が傷つかないはずはない。

執政官として、成人している唯一の皇族として、やるべきことをやるその裏でどれほど苦しみを背負ってきたか……。

蒼蓮《ソウレン》様がいつも飄々《ひょうひょう》として事もなげにしているのは、そうしていないと生きてはいけぬからではないかとそんな気がした。

この方は気安い態度を取りつつも、他者を己の内側に入れるのを避けたがっているようにも感じられる。

心優しい兄がこの方のそばについているのは、そういう部分を案じてのことかもしれないと、近頃は薄々思っていた。

「お一人でこれまで耐えてこられたこと、尊敬こそすれ、罵ることなど何もございませんよ？」

たとえご本人から罵れと言われても、期待に応えることはできない。

私は蒼蓮《ソウレン》様を尊敬しているし、紫釉《シユ》様との関係性を深めようとあたふたしているところは人間味があってかわいらしいとすら思ってしまうのだから。

「私は、蒼蓮《ソウレン》様がいてくださって本当によかったと思います」

重ねた手に視線を落としそう告げると、自然に笑みが零れた。

どうかこの先、紫釉《シユ》様とこの方には幸福であってほしい。私がそれを支えていけたら、と切に願う。

顔を上げると、蒼蓮《ソウレン》様は呆気に取られたようにその動きを止めていた。

その顔がやや幼く見え、少しだけ紫釉《シユ》様に似ている。

いつも自信たっぷりで理解できないことをする人だけれど、こんな無防備な顔もするのだと思うとちょっと親しみが湧いてきた。

「なにゆえ、そなたは……」

蒼蓮《ソウレン》様がぽつりと呟く。

私は偉そうなことを言ってしまったと思い、今さら恥ずかしくなってきてぱっとその手を離した。

両手が自由になると、ほんの少しだけ淋しいような気がする。そんなあってはならない感情を押し込めたくて、私は無理やり笑みを作った。

「それでは、私は下がらせていただきます」

少し長居をし過ぎた。薄曇りの白夜の空を見て、そう思う。

早く部屋に戻って休もう。

私はそばに置いてあった二胡を持って立ち上がり、蒼蓮《ソウレン》様に一礼する。

「どうかお心安らかに。おやすみなさいませ」

それだけ言うと、颯爽と衣の裾を翻して踵を返した。

ところが歩き出そうとしたその瞬間、蒼蓮《ソウレン》様に呼び止められる。

「凜風《リンファ》」

はっきりと通る低い声。

まだ何かあるのかと思い振り返ろうとすると、それよりも先に後ろから長い腕に絡めとられた。

「蒼蓮《ソウレン》様!?」

抱き締められていることを理解するまで数秒、驚きで目を瞠った私は慌てて声を上げる。

背中に感じる重みやその腕の逞しさが混乱を加速させ、さらに蒼蓮《ソウレン》様の衣についた香の匂いがふわりと香れば、私の思考は停止してしまった。

「凛風《リンファ》」

やめてー！　耳元で声をかけないで！

再び名前を呼ばれると、かぁっと体温が一気に上がり顔に熱が集まってくる。

なぜこんなことに!?

心臓がどきどきと激しく打ち付け、死んでしまうのではと思うくらいだった。

「そなたは私に何も望まぬのだな」

はっきりと聞こえたそれは、言葉は理解できても意味がわからない。

けれど私が何か言う前に、蒼蓮《ソウレン》様が優しい声で告げる。

「何があっても私が守ってやる。だから、ずっとここにおれ」

「え……？」

ずっとここに？　ずっと後宮で働けるってこと……!?

やや振り向きつつ、恐る恐る確認する。

「後宮《ここ》に……？　よろしいのですか？」

「あぁ、私がそう望んでいる」

「蒼蓮《ソウレン》様が……」

雇い主からの希望とあれば、これは永続雇用が決まったも同然では!?

ずっと後宮にいられる。ずっと紫釉《シユ》様のおそばで働ける！

私はうれしさのあまり、蒼蓮《ソウレン》様の腕を強引に解いてくるりと振り返る。

「ありがとうございます……！　なんとお礼を申し上げてよいのやら……！」

歓喜に震え、二胡を握り締めて訴えかけた。

蒼蓮《ソウレン》様は、いつになく優しい顔つきで柔らかく微笑んでいる。

「秀英《シユイン》には話しておく。右丞相にも、李《リ》家の騒動が収束したら折を見て伝えよう。事を成すには少々問題もあると思うが、それまで待っていてくれるか？」

父のことまで計らってくれるなんて、これほどありがたいことはない。

私は深く頷き、もう一度感謝の意を伝えた。

「ありがとうございます。いつまででも待ちます」

喜びを噛みしめていると、池の向こう側から兄が呼ぶ声がする。

「蒼蓮《ソウレン》様！　やっと見つけました～!!」

振り返ると、兄が右手を大きく上げて叫んでいるのが見える。

私は蒼蓮《ソウレン》様に「それでは」と告げ、石橋を足早に駆けて行った。

走ってくる私を見て、兄は「ん？」と眉根を寄せる。

「凛風《リンファ》？　なぜ蒼蓮《ソウレン》様と一緒にいたのだ、何か急用でもあったのか？」

兄は裁可の場にいたときと同じ衣を着ていた。今まで何かと走り回っていたのだろう。

私は満面の笑みで兄に抱き着き、そして報告をした。

「やりましたっ！　凜風《リンファ》は永続雇用だそうです！　ずっと後宮《ここ》にいてよいと蒼蓮《ソウレン》様に言われました！」

「はぁぁぁぁ!?」

兄が慌てふためき、大声を上げる。

「兄上、夜なので静かにしてくださいませ」

「おまえがいきなり訳のわからぬことを申したからであろう!?」

私は笑顔で手を振り、すぐさま走り去る。

「それでは兄上、また明日。おやすみなさいませ」

「凜風《リンファ》、おい、ちょっと待て！」

兄は蒼蓮《ソウレン》様を探しに来た身なので、私を追うことはできない。あわあわと狼狽えているのがわかったけれど、二胡を抱えた私はそのまま建物の中へ向かった。

まさか四ヶ月という短い期間で、世話係として永続雇用を認めてもらえると思わなかったわ！

落ち込んでいたけれど、ずっと紫釉《シユ》様のおそばにいられると思ったら踊り出したいくらいにうれしい。

廊下を歩いていると、紫釉《シユ》様の寝所の方から着替えを運んできた宮女の一人とばったり出くわす。

簪《かんざし》を揺らしながらゆっくりと歩いてきたのは、十二歳の桜綾《ヨウリン》だ。

「凜風《リンファ》様？　どうなさったのです？」

目を丸くする彼女は、私がとっくに部屋で休んでいると思っていたらしい。

「ちょっと散歩に行っていたの。でももう部屋に戻るわ」

私がそう答えると、彼女はにこりと笑って言った。

「ちょうどよかったです。静蕾《ジンレイ》様より伝言をお持ちしました。さきほど陛下が眠られたので『また明日の朝に寝所へ来るように』と」

「わかったわ。ありがとう」

紫釉《シユ》様は静蕾《ジンレイ》様にそばにいてもらって、安心して眠りにつけたという。よかった……と思いつつも、また一抹の淋しさのようなものが胸をよぎる。

私はそれを振り払うように、明るい声で言った。

「桜綾《ヨウリン》も遅くまでご苦労様。先に休ませてもらうわね」

「もったいないお言葉にございます。私はお昼にお休みをいただいていたので、凜風《リンファ》様こそどうかゆっくりとお休みになってくださいませ」

桜綾《ヨウリン》と笑顔で別れ、今度はゆっくりと自室へ向かう。

あぁ、早く明日の朝になればいいのに……！　静蕾《ジンレイ》様に、ずっと世話係ができそうだということを伝えたい。

父のことはどうすれば、と不安要素はあるけれど、きっと蒼蓮《ソウレン》様が何とかしてくれるはず。兄上の援護は期待できないとしても、時間をかけて説得すれば認めてくれるかもしれない。

白夜の空が殊《こと》の外《ほか》美しく見え、私は浮かれ気分で後宮内を歩いていった。

■■■

「蒼蓮《ソウレン》様！　まさか後宮《こちら》にいらしたとは思いもしませんでした。そろそろ後始末に戻ってくださいさすがに二、三日は執政宮から出られませんよ!?」

四阿《あずまや》にやってきた秀英《シュイン》は、いつものように困り顔で現れた。

蒼蓮《ソウレン》は露骨に不満げな顔をして、とはいえ休息の時間に限りがあることは重々承知していたため、彼に従い石橋を歩いて戻り始める。

艶やかな黒髪が風に揺れ、深夜であっても陰りの見えないその美貌は、かつて後宮の片隅で忘れられたように暮らしていた皇妃譲りだ。

年を重ねるごとに色香を増す主人の姿に、秀英《シュイン》は「この方が皇女《ひめ》だったなら、良家に嫁いでもっと楽に生きられたのに」と思わずにいられない。

ところが突如として放たれた言葉に、彼は息をするのも忘れるほど驚かされる。

「凜風《リンファ》をそばに置こうと思う」

「――――!?」

（そばに置く？　そばに置く？　そばに置くって何!?　いやいやいや、わかるけれど、わかるけれども！　なにゆえ？　え？　何があってそうなった!?）

通常、貴人が言う「そばに置く」とは恋人にするなり嫁にもらうなり、つまりは縁を結ぶことを示す。

しかし、主人はこれまでどんな見合いも断固として拒絶し、色恋や艶話《つやばなし》などはあくまで噂だけで、その私生活は政務一色だった。

そんな男が、己の妹をそばに置くと言ってもにわかには信じがたい。

秀英《シュイン》の反応がないことに痺《しび》れを切らした蒼蓮《ソウレン》は、ちらと後ろを振り返って拗《す》ねたように言う。

「聞かぬのか？」

「え？　話したいんですか？」

頭がついていかないので、今はちょっと聞きたくありません。そんな本音を言えるはずもなく、顔を引き攣らせながら秀英《シュイン》は尋ねた。

「えーっと、なにゆえ我が妹を……？」

足がもつれそうになるくらい衝撃を受けている秀英《シュイン》だったが、どうにか正気を保とうと平静を装う。

だが、そんな彼の努力は華が咲いたように朗らかに笑う主人の前では意味をなさなかった。

「それは何とも口にしがたいな。恋に落ちるのに理由など必要か？」

「はぁ!?」

目を剝《む》いて詰め寄る秀英《シュイン》は、官吏ではなくただの兄として蒼蓮《ソウレン》に迫る。

「凜風《リンファ》のことを娶る気はないっておっしゃってましたよね!? そもそも誰とも結婚しないおつもりではありませんでした!? それが急に妹を寄越せと言われても、こちらにはこちらの都合とか心配とか色々あるんですよぉぉぉ!? ここにきて色惚けとか……仕事と面倒事が増える気配がします!!」

秀英《シュイン》が無礼にも半ば摑みかかってきても、蒼蓮《ソウレン》はにこりと笑って言った。

「まぁそう怒るな。凜風《リンファ》の紫釉《シユ》陛下への想いやその姿勢に心打たれたのだ。それに何より、あの娘は私に何も求めない。それどころか私に対して『いてくれてよかった』などと申すのだぞ？ かようにかわいげのある娘がおるとは思わなかった」

これまで、国や紫釉《シユ》のためでなく、己のために何かを欲したことはない。

皇族の務めを果たすことだけを考えて生きてきた蒼蓮《ソウレン》は、個として何かを望むことはとっくの昔に諦めていた。

ときおり吹く強い風に凪《な》いだ水面を眺め、彼は語る。

「考えてもみよ、皇子であった頃は帝位を狙う者どもの道具にされかけ、兄上の側近に何度も『おまえなど生まれてこなければよかった』という目で責められた。それが成人した途端に散々利用され、兄上が亡くなれば今度は『貴方様しかおらぬ』など戯言ばかりが寄せられた。己の存在意義など、とうの昔に考えることをやめておったわ」

側近として、それをそばで見てきた秀英《シュイン》は黙って蒼蓮《ソウレン》の話に耳を傾ける。

主人は慰めを必要としているわけではなく、ただの思い出話として口にしているとわかっているから、何も意見を述べる必要はないと黙っていた。

「凜風《リンファ》がそばにおると、己が皇族でもなく執政官でもなく只人《ただびと》であるのだと思える。『いてくれてよかった』と言われて、かように心が軽くなったことはない」

秀英《シュイン》は喜んでいいのか嘆いていいのかわからないと心の中で呟く。父があわよくば蒼蓮《ソウレン》に娶らせようと育てた妹は、皮肉にもその本領を発揮してしまった。

だが、蒼蓮《ソウレン》が初めて望んだものが己の妹であるならば、それを叶えてやりたいとも思った。

そんな秀英《シュイン》の心を知ってか知らずか、蒼蓮《ソウレン》は目を細めて己の愚かさを笑う。

「たとえ面倒事が増えても、あの娘が笑うのならそれでもよいかと思うてしまうのだ。執政官としてはあるまじきことだが、私にこんな愚かな部分があったとは実におもしろいと思わぬか？」

ただし、柳《リユウ》家の実権を握っているのは右丞相である父だ。秀英《シュイン》は苦悶の表情を浮かべ、正直な感想を漏らす。

「いやいやいや、ちょっと待ってください……。凜風《リンファ》をそばに置くのは、容易《たやす》いことではありませぬ。何より本人がそれを受け入れられるかどうか」

ところが、蒼蓮《ソウレン》はあっさりと言い放つ。

「秀英《シュイン》。凜風《リンファ》にももう告げたことだ。私の妃になるのを凜風《リンファ》も了承してくれた」

「はぃ……？」

意味がわからない。さきほど、妹は喜びで浮かれていたように見えたが、それは妃うんぬんの話ではなかったはず。

秀英《シュイン》は右手で額を押さえ、突然襲ってきた頭痛に耐えながらも記憶を引っ張り出す。

『やりましたっ！　凜風《リンファ》は永続雇用だそうです！　ずっと後宮《ここ》にいてよいと蒼蓮《ソウレン》様に言われました！』

何かがおかしい。

足早に歩き始めた蒼蓮《ソウレン》の後を追い、恐る恐る問いかけた。

「あの、蒼蓮《ソウレン》様。凜風《リンファ》に何とおっしゃったのです？」

誰もいない後宮の庭。

執政宮に向かう裏道をゆく二人は、周囲を確認しながら歩いていく。

蒼蓮《ソウレン》は通用口の手前で振り返り、なぜそのようなことを尋ねるのかと不思議そうな顔をする。

「何とは？」

「いえ、どうも妹の様子と蒼蓮《ソウレン》様のお話が食い違っているようで」

眉根を寄せた蒼蓮《ソウレン》は、自身も記憶を手繰《たぐ》り寄せる。

「少し性急だったか……？　抱き締めて『何があっても私が守ってやるからずっと腕の中《ここ》におれ』

と求婚したのだが？」

「抱っ……!?　あああ、うちの妹に何ということを……！　って、蒼蓮《ソウレン》様。『守ってやるからずっとここにおれ』とは、まさかそれだけ？」

「それだけとは何だ、無礼な。ずっと腕の中に置いておきたいと思うたのだから、正直に伝えたまでだ」

「うわぁ……」

すべてを察した兄は絶句した。

妹は、完全に後宮《ここ》にいろと言われたと解釈している。あの喜びようは、間違いなくそう受け取っているとわかる。

かくして目の前の美丈夫は、求婚を受け入れてもらえたと思っている。

それはそうだ。これまでは、どんな美女も手に入るのに手を伸ばしてこなかっただけなのだ。近づくと好意を寄せられると恐れることはあっても、こちら側の好意を無下にされる可能性についてはまずその発想がないのだ。

(求婚するならするで、なぜもっとはっきりと言語化しない!?　あああ、もうやだ……)

一連の事件のせいでただでさえ寝不足の秀英《シュイン》は、盛大なため息を吐き出した。

それを見た蒼蓮《ソウレン》は、なぜそんな反応を見せるのかと不満げだ。

「蒼蓮《ソウレン》様、落ち着いて聞いてくださいね？　凜風《リンファ》に求婚は伝わっていません。貴方様のお気持ちもまったく伝わっていません」

「そんなバカなことがあるか。あれほど喜んでくれていたのに」

「凜風《リンファ》は蒼蓮《ソウレン》様が後宮にいてくれと、ずっと世話係をしてくれと頼んだと解釈しています」

「は？」

二人の間に沈黙が流れる。

蒼蓮《ソウレン》はしばらく己の行いを思い返していたが、その表情は次第に曇っていく。

それを見つめていた秀英《シュイン》は、「どうするんですかここから」と責めるような顔つきで黙っていた。

「………今一度、求婚する」

そう言って後宮の方へ戻ろうとする蒼蓮《ソウレン》だったが、秀英《シュイン》にその襟首をガシッと掴まれて止められてしまう。

「ダメです！　大臣らがそろそろ集まってきます！　李《リ》家の後始末で二、三日は執政宮から出られませんって言いましたよね!?　蒼蓮《ソウレン》様がいらっしゃらないとうちの爺……じゃなかった父が勝手にあれこれ進めますよ！」

「くっ……！」

本当に本当にすぐに戻ってください、と縋られ、さすがにそれを振り切ることはできない。

後宮の片隅で育った元皇子は、物心ついたときには己の立場というものを嫌というほど思い知らされ、生き残るためにその存在価値を政《まつりごと》の場で示し続けてきた。

どんなときも、皇族としての職務を優先して生きることが身体に染みついている。

それゆえに好いた女ができたからといって今さら身を持ち崩すことなど到底できず、苦悶の表情を浮かべながらも執政宮へと戻っていく。

（おのれ李家《リ》め……！　いっそ一族郎党まとめて滅してやりたい）

ままならぬ身を嘆き、苛立つ蒼蓮《ソウレン》。

「皇族になど、なりとうなかった……！」

「今さらですよ。紫釉《シユ》様みたいなことおっしゃらないでください」

不機嫌なオーラを放つ主に付き従う秀英《シュイン》は、今後の柳家《リユウ》のことを思案し思わずぽつりと呟いた。

「蒼蓮《ソウレン》様が妹を、など予想外です。非常にまずいです……」

いつだったか、妹をもらってくれと軽口を叩いたのはほんの戯れだった。そんなことがない、と思っていたからこそ言えた冗談だったのだ。

嘆きに似た言葉を漏らす秀英《シュイン》を見て、蒼蓮《ソウレン》は他人事のように言った。

「予想など外れることの方が多い。それをどうにか修正して対応するのが、官吏の仕事であろう」

ところが秀英《シュイン》は恨めしそうに反論した。

「そんなこと言っていてよろしいのですか？　あのですね、父は李家《リ》が分裂した今こそ、あちらの睿《ルイ》殿に凛風《リンファ》をやるつもりになっていますよ？　凛風《リンファ》を押し込むことで、李家《リ》を乗っ取れると考えているのでしょう。あの父がこの機を見逃すとは思えません」

右丞相は何とやっかいな存在なのだろう、と蒼蓮《ソウレン》は顔を顰める。

当主としては間違っていないのだろうが、支持できるかといえばそれはまた別である。

「凜風《リンファ》は私のものだ。李睿《リルイ》などにやってたまるか」

「すみません、凜風《リンファ》は柳家《うち》の娘です。私の妹です」

「なんだ、急にアニキ面《づら》しよって」

「いや、ずっと前からアニキ面です。兄ですから」

堂々とそう言い返され、蒼蓮《ソウレン》は目を眇《すが》める。

「………………面倒だな」

「貴方様ほどではありませんからね!?」

足早に進む二人は、執政宮の大扉が目に入るとその態度や口調を改める。

ここからは誰の目があるとも限らず、聞かれたくない私的な話は一切できない。まして、蒼蓮《ソウレン》が凜風《リンファ》をそばに置くなどという話は絶対に漏らすわけにはいかなかった。

すれ違う官吏たちが次々と頭を下げ、戻ってきた蒼蓮《ソウレン》を迎える。

「秀英《シュイン》、今後のことは追って知らせる」

「かしこまりました。……私の方は、できうる限り貴方様のご意思に沿いますので」

「それはありがたい」

謁見の間には、すでに大臣らが集まっていた。皆が今後の行く末を案じているように見え、腹の探り合いに忙しい。

蒼蓮《ソウレン》はそんな彼らに冷酷な眼差《まなざ》しを向け、盛大に手のかかる後始末を始めるのだった。

第七章　うちの陛下がかわいすぎる

「紫釉《シユ》様、本日はこちらの絵巻をご覧になりませんか？」

騒動から三日後、私はすっかり元気になった紫釉《シユ》様と共に後宮の書閣にいた。

永続雇用をしてもらえるかもしれないというのは、静蕾《ジンレイ》様のお耳に入れることだけに留めている。

「凜風《リンファ》が読んでくれるか？」

私が差し出した絵巻を手にし、ご機嫌な紫釉《シユ》様。母君からの文が見つかったあの時以来、精力的に読み書きの習得に励んでいる。

「あちらの椅子に座って読みましょう」

「うん！」

一人がけにしては大きめの椅子に、紫釉《シユ》様と身を寄せ合って座る。「ふんっ」と言って懸命に椅子によじ登る姿が堪らなく愛らしく、動くたびに揺れるさらさらの黒髪につい視線を奪われた。

こんなにかわいらしい主をがっかりさせたくないので、永続雇用のことは父の許可が正式に下りるまで話さないと決めた。

書閣の管理者である栄《エイ》先生が、私たちの様子を見てうれしそうに目を細めて言った。

「雲を泳ぐ龍の話ですか、これはまた懐かしいですなぁ」

「雲を、泳ぐのか？　この龍は」

紫釉《シュ》様は、持っている絵巻を見て目を輝かせる。皇族のものということもあり、その包みには龍を模した刺繍が入れられていた。

私もその刺繍に視線を落とす。

「今日のように雲が立ち込める空の上には、龍が泳いでいると昔から申しましてな。黄金色の鱗に覆われた龍が、人々の行いを見ているそうなのです」

そういえば、龍の模様は宮廷の玉座や幕にもあった。

いずれも淡い色の糸で刺繍されていて、宮廷以外の場所で見かける黒龍とはその顔かたちも異なっていたような。

紫釉《シュ》様はいそいそと布を取り、私はそれを受け取って机の上に置く。

絵巻の中には、墨で描かれた龍の絵がいくつもあり、紫釉《シュ》様はそれを指でなぞったり、読める文字を自分で追いかけて読んでみたりと楽しそうだ。

「光燕国《コウエン》まで雲を泳いできた龍は、あくびをして涙で畑を潤し、鳥たちを使って人々にありがたい……文？　をくれました？」

読めない文字があった紫釉《シュ》様は、ちらりと私の顔を見る。

「これは文ではなく、報告ですね。龍がありがたいお知らせをくれたのです」

鳥が木札のようなものを運んでいる絵も描かれている。

散歩のときには必ず鳥を目で追う紫釉《シユ》様は、その小さな絵を見つけて声を上げた。

「ツバメがおったぞ！」

うれしそうな様子がかわいくて、私はくすりと笑う。

「そうですね、ツバメでございますね」

すると紫釉《シユ》様は、「あぁ」と閃《ひらめ》いてぱぁっと破顔した。

「蒼蓮《ソウレン》がくれた硯《すずり》にもツバメと龍がおったな！」

李《リ》家の裁可以来、蒼蓮《ソウレン》様のお姿をもう三日も見ていない。「後始末が終わるまでしばらく朝餉の席には行けない」と連絡は受けている。

蒼蓮《ソウレン》様は紫釉《シユ》様のお心が離れるのを心配したようで、筆や硯、子ども用の簪《かんざし》などを届けさせ、紫《シ》釉《ユ》様はそれをとても喜んだ。

蒼蓮《ソウレン》様はきっと、紫釉《シユ》様のために悩みながら選んだに違いない。

「硯にツバメと龍でございますか？」

丸い形の硯の上部には、確かにツバメが飛んでいた記憶はある。でも、龍はいたかしら……？

私が首を傾げると、紫釉《シユ》様は懸命に訴えかける。

「裏側！　硯の裏側に龍が彫ってあったのだ！　大きくてかっこいい龍であったぞ！」

「まぁ、そうなのですね！　凜風《リンファ》は裏までは見ておりませんでした。紫釉《シユ》様はよく見ておいでですね！」

私が目を丸くしてそういうと、紫釉《シユ》様は少し照れて自慢げな顔になる。

くっ……！　かわいすぎる……！

胸が締め付けられるような感じがして、抱き締めて頬ずりしたくなる衝動を必死に堪えた。

「お部屋に戻ったとき、見せていただけますか？　私も龍を見とうございます」

「わかった。見せてやろう」

「ありがとうございます、楽しみですわ」

にっこりと笑った紫釉《シユ》様は、再び絵巻に目を向けた。

私はそれを見守りながら、書閣での平穏な時間を享受する。

午前中はほとんどここで絵巻や書物を読んで過ごし、そろそろ食事の時間だということで私たちは栄《エイ》先生に挨拶をして書閣を後にした。

扉の前には麗孝《リキョウ》様の部下がいて、私たちが出てくると黙って後をついてくる。

「午後は武術の時間であろう？　麗孝《リキョウ》は戻ってくるのか？」

紫釉《シユ》様にそう尋ねられ、私は「はい」と言って頷いた。

麗孝《リキョウ》様も後始末に忙しいらしく、昨日の夜に少し陛下のおそばについていた以外はその姿を見ていない。

彼は誰にでも平等で気さくな人物だが、後宮の護衛武官をはじめ、警備を担う者たちを束ねる立場だそうで、実はかなり高位の武官だそうだ。

紫釉《シュ》様の身辺警護だけでなく、蒼蓮《ソウレン》様の手足となって動くこともあるらしい。

「武術の時間には戻ると聞いておりますよ。すでに紫釉《シュ》様のお部屋におられるかもしれません」

私がそう話すと、紫釉《シュ》様はうれしそうに笑った。

蒼蓮《ソウレン》様と朝餉を摂らなくなって三日、麗孝《リキョウ》様も離れている時間が多く、きっと淋しいのだろうなと思う。

歩きながら「朝餉の時間を再開できるのはいつ頃かしら」と何となくそう思ったとき、突然にあの夜抱き締められた記憶がよみがえってしまった。

「――っ！」

一瞬にして、顔に熱が集まってくる。

あのときは永続雇用のことで頭がいっぱいで、しばらく忘れていたけれど、呼び止めるだけなのにあんな風にしなくてもよかったのでは!?

あのときの感覚まで思い出してしまいそうで、私は必死で記憶を封じ込めようとする。

うっかり惚れでもしたら、目も当てられない。

あの方は女人を好きになるような方じゃない。その気もなければ、ご自身に恋愛的な意味で好意を寄せる者に嫌悪感を抱いてすらいる。

ないないない、蒼蓮《ソウレン》様の戯れを真に受けて心を明け渡してはダメ。冷静に、あくまで勤め人と雇い主としての距離を保たなきゃ……！

紫釉《シュ》様に好かれたい同志ではあるけれど、ただそれだけの関係なのだから。

ふぅ、と一息ついて私は頭を切り替える。背筋を正し、世話係としての顔つきを作り直したそのとき、紫釉《シュ》様からお声がかかった。

「凜風《リンファ》」

私はすぐに返事をする。

「はい、何でございましょう」

少しだけ屈《かが》んで尋ねると、その小さな手が私の袖を握った。

「武術の時間は、凜風《リンファ》はどこにおる？」

「その時間は、食事を摂らせていただく予定でございます。いかがなさいました？」

武術の時間といってもそれは本格的な訓練ではなく、麗孝《リキョウ》様にコロンと転がされた紫釉《シュ》様が受身を取り、きゃっきゃとはしゃぐ時間である。

身体の基本的な使い方を知り、体力をつけ、怪我をしないよう柔軟性を向上させることから始めているのだと麗孝《リキョウ》様は話してくれた。

皇帝である紫釉《シュ》様が自分で戦うことはないと思いたいけれど、万一のときに何もできないというのは困る。それに、心身共に鍛えていなければ、部下がついてこないとも聞いた。

そういえば蒼蓮《ソウレン》様と最初に会ったとき、彼は上級武官のふりをしていた。

私がそれを疑いもしなかったのは、宮廷にいたからという理由だけではなく、その体軀《たいく》が武官と言われても信じられるほど鍛えられたものだったから。

皇族は皆、武芸を身に付けるものなんだなぁと、今さらながら感心する。

ちなみにうちの兄は武芸が不得手だと自分で言っていて、弓はそれなりに扱えるが体術はまるでダメらしい。上級官吏はそういう人が多いと聞くが、学問を優先したら結果的にそうなるのだと兄は苦笑いしていた。

紫釉《シユ》様は私を見上げ、期待の眼差しを向けた。

「武術を学ぶところを見に来てもらいたいのだ」

私の袖を摑む力がぎゅっと強くなる。

見に来てほしいというかわいらしいおねだりに、私はまたしてもきゅんとなってしまい「行きます」と即答した。

「紫釉《シユ》様が武術着にお召し替えしている間に私は食事を終わらせ、鳳凰園《ホウオウエン》に向かいます。少し遅れるかもしれませんが、そのときは連絡いたしますね？」

そう答えると、紫釉《シユ》様は元気よく言った。

「うん！　約束ぞ？」

「はい、約束でございます」

にっこりと笑い合った後、紫釉《シュ》様はうれしそうに部屋へ戻っていく。

こんな日々がずっと続けばいいのに、と私は心の中で願った。

紫釉《シュ》様をお部屋に送り届けると、お召し替えをほかの女官に任せ、私は静蕾《ジンレイ》様と共に食堂へ移動した。

毒見の済んだ膳とあらかじめ知らされていた品書きを見比べて、その内容を確認する。

「今日は紫釉《シュ》様の大好きな甘露煮がありますね」

魚のすり身の団子や野菜を甘く煮詰めた煮物は、紫釉《シュ》様の好物である。焼いた鴨肉もあり、「今日は食が進みそうですね」と私たちは笑い合った。

しばらくすると紫釉《シュ》様がやってきて、膳を見た瞬間にぱっと表情が輝く。

その姿のなんと微笑ましいことか……！　食が細い方だと思うので、健やかに成長してもらうためにもたくさん食べてもらいたい。

静蕾《ジンレイ》様によると、少しずつではあるけれど以前よりも食事量が増えているそうで、そもそも健康状態は良好だから、長い目で見守ろうということになっている。

すぐさま席に着いた紫釉《シュ》様は、さっそく料理に箸をつけた。もぐもぐと頬張る愛らしい仕草は、女官や給仕係の心を和ませてくれる。

あぁ、うちの陛下かわいすぎません!?

自国民はもちろん、近隣諸国にも伝えたいかわいさだわ……！

私ももっとお小さい頃からそのお姿を見たかった。かわいかっただろうなぁ。

これからどんな風に成長なさるんだろう？　お世話係の喜びは、やはりその成長を間近で見続けられることだと思う。

何としてでも、ずっとおそばにいなくては……!!

私は決意を新たにした。


平和な後宮。

夏の終わりは、晴れやかな青空が広がっている。

紫釉《シユ》様は、午睡の前に後宮の中に造られた川に足をつけて寛ぎの時間を過ごし、そばにつく麗孝《リキヨウ》様らも水をかけられて少々濡れている。

私は静蕾《ジンレイ》様と屋根のある場所で待機し、手拭きや着替えの準備が終わった状況で楽しそうな紫釉《シユ》様を見守っていた。

「蒼蓮《ソウレン》様から夕餉《ゆうげ》をご一緒に、とは初めてですね」

紫釉《シユ》様の予定を確認していると、朝には入っていなかった会食予定を見つけた。

静蕾《ジンレイ》様は柔らかく微笑み、急遽《きゆうきよ》加わった予定について説明してくれる。

「紫釉《シュ》様にお会いできぬまま、もう五日が経とうとしていますからね。蒼蓮《ソウレン》様がしびれを切らしたのでしょう。会食なんて大層な名目をつけ、皇帝陛下への報告の場を設けるという理由でそのご予定を入れられたのです。ふふっ、紫釉《シュ》様より我慢の利かぬお方とは思いませんでした」

なるほど、報告も兼ねての会食ならば忙しい合間に公務として紫釉《シュ》様に会えるということか……。蒼蓮《ソウレン》様が無理を言って予定をねじ込み、兄があたふたと各所へ連絡して調整する姿が目に浮かぶ。

「贈り物のお礼の品を用意しましたので、事前に執政宮へ運ばせますわ」

叔父と甥であっても、皇帝と臣下である以上は贈り物一つでも返礼品を用意する必要がある。何もしなくても蒼蓮《ソウレン》様は気にしないだろうけれど、皇帝としての紫釉《シュ》様の威厳や体裁にかかわるからと静蕾《ジンレイ》様は言う。

「紫釉《シュ》様の生誕記念の宴には、およそ千もの返礼品が必要になります。来年のことではありますが、女官は総出で宛名書きや返礼品の確認作業をしますので、凛風《リンファ》にも手伝ってもらうことになるでしょう。あなたは字がきれいですから」

私は静蕾《ジンレイ》様にそう褒められ、はにかみながら頷いた。

女官は基本的に読み書きができるが、得手不得手は当然ある。適材適所に仕事を振り分けるのも、女官長である静蕾《ジンレイ》様の役目となっている。

全員の顔や名前を覚えることも、私にはまだ達成できていない。

護衛や女官、宮女、各係の者、下働きまで合わせると、後宮に勤める者は五百人以上いるのではないかしら？

その全員を把握するのは、想像を絶するむずかしさだ。

静蕾《ジンレイ》様は「長年ここにいるからよ」と笑ったが、毎年入れ替わりもあるので、長年いたからといって簡単なことではないと思う。

出来る限り、女官や宮女たちには自分から声をかけるようにしているが、道のりは遠い。

とはいえ、楽しそうに遊ぶ紫釉《シュ》様を見ているとすべてがこの方のためになるのだと納得できるので、そこまで気分が落ち込むことはない。

「楽しそうですが、そろそろお戻りいただきましょうか」

静蕾《ジンレイ》様の言葉に従い、私は庭へ出て紫釉《シュ》様のもとへ歩いていく。

私が近づいてきたことに気づいた紫釉《シュ》様は、もう時間なのかとしゅんと落ち込んだ。

気の済むまで遊ばせてあげたいけれど、少年皇帝の予定は毎日ぎっしり詰まっている。

今日は夕方から大臣らとの協議会があり、その後は蒼蓮《ソウレン》様との会食があり、しっかりと午睡の時間を確保して元気に出席しなくてはならない。

「紫釉《シュ》様、本殿へお戻りください。お時間となりました」

声をかけると、紫釉《シュ》様は拗ねた顔つきになりつつもおとなしく川から上がる。

私はそばへ寄ってしゃがみ込み、手にしていた手拭きでその小さな足を軽く拭きながら言った。

「本日の夕餉は、蒼蓮《ソウレン》様とご一緒できるそうですよ！」

「真か？　蒼蓮《ソウレン》が来るのか？」

紫釉《シユ》様は驚きで目を丸くする。そしてすぐにうれしそうな笑みを浮かべた。

私もその表情を見ると、安堵で微笑む。

「いいえ、紫釉《シユ》様が執政宮へ向かうのです。たまには気晴らしに、後宮から出てみてもよいかと」

「わかった！　蒼蓮《ソウレン》のところへ行く！」

裸足《はだし》で駆け出した紫釉《シユ》様は、静蕾《ジンレイ》様の方へ一目散に走っていく。きっと、蒼蓮《ソウレン》様との夕餉について報告するのだろう。

「紫釉《シユ》様！　裸足はいけません！」

慌てて後を追った私だったが、すでに紫釉《シユ》様は本殿の軒下に到着していて、静蕾《ジンレイ》様は「裸足で駆けてくるなど、お行儀が悪うございますよ」と苦笑いしていた。

あぁ、足の裏が少し黒くなってる。

宮女たちが水の入った桶を持ってきて、石造りの椅子に座った紫釉《シユ》様の前に跪く。

私もお召し替えの手伝いをしようと思い、そちらに向かって歩いていった。

ところがそのとき、本殿から薄桃色の衣を着た女の子が歩いてくるのが見える。

「桜綾《ヨウリン》、何かありましたか？」

宮女がこうしてわざわざやってくるのは、何か用事があるときや伝令を承ったときだ。

私が声をかけると、桜綾《ヨウリン》はまっすぐにこちらへ向かってくる。静蕾《ジンレイ》様や麗孝《リキョウ》様への言伝《ことづて》があるのではないのかしら？

きょとんとしている私に、少々怯えた様子で彼女は告げた。

「右丞相様が凛風《リンファ》様に取次ぎをと、さきほど参られました」

「父上が？」

文のやりとりはこれまで何度かあったけれど、直接出向いてくるなんて……。

嫌な予感しかしない！

露骨に顔を顰めた私に、麗孝《リキョウ》様が声をかける。

「無視はできないな」

「そう、ですね……」

私は諦めて桜綾《ヨウリン》に尋ねる。

「今、父はどこに？」

「湘殿《ショウシデン》にて、お待ちいただいております」

紫釉《シユ》様の住まいである采和殿《サイカデン》のすぐ隣で、父は私を待っているという。そこはかつて皇妃様が住んでいた離れで、本来であれば皇妃様方の個人的な来客や女官の親族らを迎える場所だ。

私は静蕾《ジンレイ》様に報告し、紫釉《シユ》様の午睡の間を使って父に会うことにする。

「二人きりにして大丈夫か？」

麗孝《リキョウ》様が、心配そうにそんなことを尋ねる。

盛大な父娘喧嘩《おやこげんか》でもするると思われているのかしら？　さすがにそんな大ごとにはならないと思うんだけれど……。

「大丈夫だと思いたいですね」

とは言っても、なるべく防波堤は多い方がいい。

私は、武官の伝令係の手を借りることにした。

「すみません。このことを兄に知らせてくださいますか？　父が後宮にいることを、兄は知らぬと思いますので」

兄は嫡子という立場もあり、私と父が争っていてもどちらの味方にもなれないので、援護はそれほど期待していない。でも、本当に困ったときは何かしらの知恵を貸してくれると思うので、念のために父の訪問を知らせておくことにした。

何も起こらないことを願うばかりだけれど、父がわざわざやってきて何もないとは思えない。

麗孝《リキヨウ》様は快く伝令係を貸してくれて、「がんばれよ」と哀れみの目で私を見送る。

「これ、持って行くか？」

小さな丸薬のようなものを差し出され、私は苦笑いで受け取りを拒否した。

「煙幕など使って、どこへ逃げると言うのです」

「だよなぁ」

まさか、父がここまで直接やって来るとは。

紫釉《シユ》様がお召し替えに向かうのを見送って、私は一人で湘殿《ショウシデン》へと向かった。

ひっそりと静まり返った湘殿《ショウシデン》には、給仕や清掃係のほかに誰もいない。

贅を尽くしたこの内装はどの宮にも勝ると言われていたが、後宮に妃がいない今、ほとんど使用されておらず閑散としている。

私は広い広い客間にて、父と久しぶりの対面をした。

父娘《おやこ》二人を隔てる楕円形の机はとても大きく、二十人は着席できる宴会用だ。

先にここで待っていた父を見てその硬い表情から「あ、これはまずい」と直感で悟った私は、あえて遠い位置に座っている。この他人行儀な距離は、心の距離とも言えるかもしれない。

父は、緑褐色《りよくかつしよく》の長衣に黒い羽織を纏った姿でやってきて、相変わらず厳しい顔つきだ。頑固さが滲み出ている。

気軽に娘に会いに来るような人ではないので、どう考えても今回の訪問はよくない話だろうなと感じた。

「……………」

給仕係が淹れてくれた茶はすでにぬるくなっていて、長い沈黙は終わりそうにない。

基本的に、父が何か言ってくれなければ娘の私から声をかけるのは非礼になるのだけれど、こんなに無言を貫かれるとさすがに対応に困るわ……。

こうなったら仕方ない。私は諦めて自分から口を開く。

「本日は何用でございましょう？」

口に出してみると、想像以上に冷えた声が出た。そんなつもりじゃなかったんだけれど、黙っていた時間が長かったんだから仕方ない。

父はぴくりと反応し、かすかに眉根を寄せたように見える。

苦言を呈されるかと身構えたけれど、父は咳《せき》ばらいをしてから声を発した。

「――――が、――――と」

「は？」

再び沈黙が二人の間に横たわる。

父の低い声は少し聞き取りにくく、私はつい前のめりになって顔を顰めた。

しまった。離れて座り過ぎて、普通の声量では話がきちんと聞こえないんだわ。

かといって近づくのも憚《はばか》られ、どうしたものかと戸惑う。

すると父は、あてつけのように大声で話し始めた。

「いいかげん、帰ってきたらどうだ！　紫釉《シユ》陛下もおまえがそばにおっては、心が休まらんだろう！」

「――!?」

いきなり何を言うの!?

苛立った私は、かなり大声で言い返す。

「私は！　帰りませんっ！　紫釉《シユ》様も、そばにいてよいとおっしゃっていますっ！」

必要以上の大声を出したので、父は眉間にさらに深いシワを寄せて不満げに睨む。

後宮で父娘《おやこ》喧嘩をすることになるとは思わなかった……。父と会って早々、麗孝《リキヨウ》様が心配していた通りになってしまっている。

少し大人げなかったな、と反省して私は姿勢を正した。

父も己の立場を思い出したのか、さきほどよりは落ち着いた声で「こっちへ来い」と告げる。

長年、父を見続けてきた私は、父が自分からそう言うなんてかなり譲歩してくれたんだなと思った。怒ってそのまま出て行ってもおかしくない、と思うから。

意地を張っても仕方がないので、私は渋々と席を移動する。それでも椅子を三つ空けた位置に座り、これ以上は近づかないという意思を態度で伝えた。

父はそんな私に、諭すように話し始める。

「今回の騒動でわかっただろう、後宮がいかに危険な場所であるか。おまえだって命を狙われかねないのだ。柳《リユウ》家の護衛を入れられない以上、またいつ何があるかわからぬ。二年は様子を見てやるつもりだったが、折を見て近いうちに戻ってまいれ」

ため息をつく父は、顔に疲労が滲んでいる。きっと蒼蓮《ソウレン》様だけでなく、政《まつりごと》に携わる者すべてが李《リ》家の起こした事態の後始末に追われているのだろう。

その最中にこうして来てくれたということは、それだけ私の状況が父にとって芳しくなかったのだと思われる。

「それは心配してくださっているのですか？　それとも、どこか性急に嫁がせたい家でも見つかりましたか？」

「………………」

見つめ合うというよりは、睨み合う私たち。

互いに腹の探り合いが続く。

父は何も言わず、否定も肯定もしなかった。つまりは、どっちもということだ。

私は拳をぎゅっと固く握り締め、父に疑問を投げかける。

「後宮が危険とは、私を皇后候補にと言い出したのは父上ですよね？」

皇后にしようとしていたのに、後宮が危険だなんて今さらどういう手のひら返しなのかと私は父を睨む。

「妃と世話係では、護衛の数も警備の質も違う。妃の命は、世話係よりも重い」

まぁ、それはわかるけれど……。

正論で返され、私は不満げな顔になった。

「なれど、私の世話係については柳家《リユウ》にどうこうできませぬ。蒼蓮《ソウレン》様が直々に任命してくださったお役目なので、今さら家に戻るなど柳家《リユウ》の名誉にかかわります」

それらしいことを述べるが、こんなことで引き下がる父ではなかった。

「蒼蓮《ソウレン》様は、おまえの気持ち次第と言うておっただろう？　つまり、おまえが一言『辞めたい』と言えばそれを叶えてくれよう」

やはりしっかりと覚えていたか。

蒼蓮《ソウレン》様を言い訳にできないとなれば、もう本音をぶつけるしかない。

「私次第でしたら、世話係を辞めることはございません。私は紫釉《シユ》様のおそばで、ずっと仕えたいと心より思うておるのですから」

父は露骨に苦い顔をした。

私が辞職を言い出さぬ限り、蒼蓮《ソウレン》様は世話係の職を解かない。今のところ父にできることは説得以外にはないからだ。

「確かに私は、柳家《リユウ》ただ一人の娘です。他家と縁を結び、生まれに応じた働きをするのが道理でございましょう。なれど、陛下のおそばで仕えるのもまた、大事なお役目だと思います。父上にとっても、多少なりとも利のあることなのではないですか？」

どこかで遊んでいるわけではなく、この国で最も高貴な方にお仕えするのだから、柳家《リユウ》としても名誉なことであるのは父もわかっているはずだ。

まぁ、私だってこんな理屈が父に通用するとは思っていない。兄が来るまでの時間稼ぎになればいいと、それくらいの気持ちだった。

しかしここで、思わぬ援軍が現れる。

——パタパタパタパタ……。

小さく軽い足音が近づいてきて、私も父も思わずそちらに気を取られる。

廊下側の扉が勢いよく開き、そこには午睡のための寝衣を着た紫釉《シユ》様がいた。

その後ろには、麗孝《リキヨウ》様が気まずそうな顔で控えている。

「凜風《リンファ》！」

「紫釉《シユ》様⁉」

驚いて目を瞠っていると、紫釉《シユ》様は中へずんずんと入ってきて、座っていた私の腰に巻きつくようにして手を回す。

そして、私の父を振り返って言った。

「右丞相、ダメぞ？　凜風《リンファ》は我のそばにおると言うた。柳《リユウ》家になど帰さぬ」

「紫釉《シユ》様ぁ」

私は感動のあまり、思わず情けない声を上げる。

その背に手を回し、ぎゅっと抱き締め合うと幸せ過ぎて泣きそうになった。

父は紫釉《シユ》様が現れたことで、迂闊《うかつ》なことは言えなくなり、明らかに怯《ひる》んでいる。

「父上、紫釉《シュ》様がこのようにおっしゃってくださるのに、それを無下にするおつもりですか？」

「ぐっ……！」

いくら睨まれても怖くはない。

だって紫釉《シュ》様が私を引き留めてくださったのだから、いくら父の命令でも家に帰るわけにはいかない。

ぐっと押し黙っていた父だったが、苦悶の表情を浮かべつつも紫釉《シュ》様の説得を試みた。

「陛下。凜風《リンファ》には世話係であると同時に、柳《リュウ》家の娘としての役目もございます。人にはそれぞれ、事情がございますゆえ」

しかし幼子に理屈は通じない。

いくら聡明とはいえ、五歳の紫釉《シュ》様に五大家の事情など通用するはずはなかった。

一縷《いちる》の澱《よど》みもない純真な目で見つめられ、父が困り果てているのがわかる。

「事情？　申してみよ」

「それは……」

言えませんよね？『柳《リュウ》家の権力拡大のために、娘を嫁にやりたいです』なんて。

こんなに無垢な紫釉《シュ》様に、大人の世界の話は聞かせられませんよね？

「その、凜風《リンファ》は嫁にやるのが一番よいかと、後宮におるよりもよいかと……」

口ごもる父を前に、紫釉《シュ》様は淋しげな顔つきで言った。

「我は凜風《リンファ》とおりたい……」

それを見た私は、あまりの愛らしさに息が止まりそうになる。

私の衣をぎゅうっと握る小さな手がいじらしく思え、さらに力強く抱き締めた。

「父上、私はここにいたいのです！　父上からすれば、柳《リユウ》家の娘が後宮勤めなど許せぬことなのでしょうが、私はここで多くのことを学んでおります！」

紫釉《シユ》様のために、そして私自身のために、世話係の仕事を続けたい。

どう考えても、私にはそれしかないのだ。

「己の甘えや不出来な部分を知り、よりよく生きるべく努力しております。自分で選んだこの道を、決して過ちにせぬよう励みますから……！　せめて、紫釉《シユ》様が大きくなられるまで私をここで働かせてください！」

今すぐ色よい返事がもらえるなんて思っていない。

けれど、紫釉《シユ》様に心労をかけたくないから、とにかく今日は父に引いてもらいたかった。

父も紫釉《シユ》様の前でこれ以上は無理だと判断したのか、渋面で視線を落とす。

「今日はもう、これ以上の話し合いは不毛だな」

大きなため息と共に、父はそう言った。

後は兄がここへ来て、父を連れて帰ってくれれば――

ところがこの場に現れたのは、執政宮で最も忙しいはずの美丈夫だった。

「右丞相よ。凜風《リンファ》の今後については、私からも話がしたい」

扉の前には、凜々しく堂々としたお姿の蒼蓮《ソウレン》様がいた。

兄はいつも通り、彼の後ろに控えている。

突然現れた蒼蓮《ソウレン》様を見て、紫釉《シユ》様がうれしそうに声を上げた。

「蒼蓮《ソウレン》!」

紫釉《シユ》様は私から離れると、蒼蓮《ソウレン》様の方へ駆け寄る。

私は慌てて椅子から立ち上がり、姿勢を正して頭を下げた。

一気に空気が変わった客間にて、蒼蓮《ソウレン》様は少し屈み、紫釉《シユ》様に優しい声音で話しかける。

「紫釉《シユ》陛下。ここは私に任せて、どうかお部屋でお休みください。静蕾《ジンレイ》が困っておりましたよ」

「でも……」

紫釉《シユ》様はちらりと私を見る。

心配してくれているのだとわかった。

蒼蓮《ソウレン》様は紫釉《シユ》様の手を取り、その手を麗孝《リキヨウ》様にそっと引き渡す。

「大丈夫です。右丞相には私が話をつけ、凜風《リンファ》がここにおれるようにいたします。蒼蓮《ソウレン》を信じてください、紫釉《シユ》陛下」

その言葉を受けて、紫釉《シユ》様は「わかった」と呟くように言った。そして麗孝《リキヨウ》様に連れられ、長い廊下を歩いて采和殿《サイカデン》へと戻っていく。

蒼蓮《ソウレン》様は紫釉《シユ》様のお姿が見えなくなったことを確認すると、いつもの凜々しい顔つきに戻る。

その美しさ然り、皇族独特の威厳あるお姿や威圧感は見る者を圧倒するようだった。

「凜風《リンファ》、遅くなってすまぬ」

彼は私の方へと歩み寄ると、なぜか謝罪の言葉を口にした。

兄が詫びるならまだ理解できるけれど、蒼蓮《ソウレン》様が謝る理由は一体何？

私はきょとんとしてしまう。でもすぐに「ぼんやりしている場合じゃない」と気づき、己の至らなさを詫びる。

「柳《リユウ》家のために、申し訳ございません」

忙しい蒼蓮《ソウレン》様に、わざわざ足を運ばせてしまうとは……！

私たちのことで時間を使わせ、せっかくの紫釉《シユ》様との会食がなくなったらどうしよう。

ところが、彼は狼狽える私の肩にそっと手を置き、ふっと目元を和らげる。

「かまわぬ。大事なそなたのことだ、私で役に立てるならいくらでも手を貸そう」

その声はとても穏やかで、慈しみすら感じられ、私は驚いて顔を上げる。

「こうして顔を合わせるのは久しぶりだな。――ずっと会いたいと思うておった」

「……？」

今、目の前にいるお方は誰なの？

姿形は間違いなく蒼蓮《ソウレン》様なんだけれど、どう見てもその雰囲気が柔らかく、そしてなんと言うか………甘い。

私の気のせい？　父との諍いで心が荒んで、蒼蓮《ソウレン》様が優しく見える？

違和感に首を傾げると、蒼蓮《ソウレン》様はにこりと笑って私の右手を持ち上げた。

「あの……？」

まるで大事なものを扱うかのように手を取られ、緊張感と胸のざわめきが襲ってくる。

一体何が起こっているのか、と蒼蓮《ソウレン》様の顔を見上げるも彼の視線はすでにこちらになく、その目は父にまっすぐ向かっていた。

「右丞相。私は柳凜風《リユウリンファ》を妃にしたいと思うておる」

「!?」

えええええええ!?

私は心の中で盛大に叫んだ。

一体、どういうことなの!?

――私は柳凜風《リユウリンファ》を妃にしたいと思うておる。

頭の中でその言葉の意味を真剣に考えるけれど、聞き間違えや誤解しようもないほど簡潔な言葉で……。

蒼蓮《ソウレン》様に手を握られている感覚があるからこれが現実だとわかるけれど、急に身体がふわふわとし始めて失神寸前だった。

私を妃にしたい？　冗談でしょう!?

縋るような目で兄を見る。

蒼蓮《ソウレン》様の肩越しに見える兄は、特に動揺もせず官吏らしく黙ってそこに直立していた。

なぜ驚かないの？　おかしいと思わないの？

わけがわからない。

今度は父を見ると、呆気に取られて口を開けていた。こんな姿は初めて見る。

しんと静まり返った部屋で、蒼蓮《ソウレン》様は続けて言った。

「私が相手では不満か？　李睿《リルイ》よりも柳《リユウ》家にとって利をもたらす存在だという自信はあるぞ。右丞相よ、どう思う？」

「ははははは……ははっ……ご冗談をおっしゃいませ」

顔を引き攣らせた父は、蒼蓮《ソウレン》様がその場しのぎの嘘をついていると思ったようだ。

私もそう思う。

というよりも、なぜここで李睿《リルイ》様の名前が出てくるの？　あの話は、私が世話係になったときに立ち消えたのでは……？

もしかして、また父は私を李睿《リルイ》様に嫁がせようとしている？

あぁ、でもそれよりも今は蒼蓮《ソウレン》様のことだわ。

確かに助けては欲しいけれど、自分の妃にするだなんて嘘をついてこの場を凌《しの》いでほしいわけではない。

そこまで迷惑をかけるのは不本意だ。

ここで私は恐る恐る問いかける。

「もしや、兄が頼んだのですか？」

しかし蒼蓮《ソウレン》様は、これを即座に否定する。

「そうではない。私が、そなたを妃にしたいと思うたのだ」

ますます意味がわからない。この方は、女人を好きになるような方ではなかったはず。

世話係に任命したときだって私に「妃になるか？」って冗談でおっしゃられたけれど、それも「お飾りだがな」ってしっかりと付け加えていた。

え、もしかしてお飾りの妃にして、それで世話係を続けさせようっていうこと？

結婚さえしてしまえば、父から辞職を促されることはなくなるから――

ぐるぐると思考を巡らせていると、蒼蓮《ソウレン》様は父に向かって凛とした態度で言い放った。

「私は冗談を言う相手は選ぶ。それに、右丞相に冗談が通じるとは思うておらぬ」

「と、おっしゃいますと……？」

父は、私と同様で理解が追い付かないらしい。

厳格な右丞相らしからぬ、中身のない返答をしているのがその証拠だ。

でも蒼蓮《ソウレン》様はそれに怒りもせず、力強く宣言した。

「凛風《リンファ》を私にくれ。唯一の伴侶として、生涯大切にすると約束しよう」

あぁ、ずるい。

父をやり過ごすための方便だとわかっていても、蒼蓮《ソウレン》様にそんなことを言われたら不覚にもときめいてしまう。

一瞬でも、うれしいと思ってしまった。

父は蒼蓮《ソウレン》様の言葉を信じたらしく、はぁと大きな息を吐き出した。

その雰囲気が意外にも穏やかで、私は思わず疑いの目でじっと父を見てしまう。

諦めたのか、納得したのか。父の心情はわからないけれど、蒼蓮《ソウレン》様が私を妃にすることに反対はしないみたい。

二人は淡々と話を進めた。

「世話係のことは、どうなさるおつもりで？」

「凛風《リンファ》には、紫釉《シユ》陛下が成人なさる十歳まで世話係を続けてもらいたい。それまでは私たちの関係は公表しない」

「ほぉ」

父は蒼蓮《ソウレン》様の考えを見定めるように相槌《あいづち》を打つ。

「李睿《リルイ》に凛風《リンファ》を嫁がせることは諦めてくれ。李《リ》家を手中に収めたいとする右丞相の考えはわかるが、足掛かりとなる代案は用意するからしばし待て」

え？　李《リ》家を？　父は私を李睿《リルイ》様に嫁がせて、落ち目のあの家を乗っ取るつもり？　抜け目がないというかなんと言うか、とことん野心の強い父に私は呆れかえる。

「あと五年ですか……。その間に、貴方様に縁談が来たら凜風《リンファ》はどうなります？　国内ならまだしも、近隣諸国からの申し出があればそう易々と断れませぬぞ」

「断る」

「は？」

蒼蓮《ソウレン》様の即答に、父は眉根を寄せて困惑を露わにする。

私も「は？」と同じ反応をしてしまい、父と揃ってしまったことに気まずくなった。

「紫釉《シユ》陛下が成人なさるまでは、誰のことも娶らない。対外的にはそう宣言する。それだけでも十分だと思うが――」

訝しげな父を前に、蒼蓮《ソウレン》様はにやりといじわるく笑った。

「柳《リュウ》家の方がそのあたりは得意であろう？　李《リ》家が筆頭とは呼べぬところまで落ちた今、娘を私の妃に押し込むために他家を抑え、情報操作を行うなど容易いと思うが？」

つまりは、父の力を利用すると。したたかというか、強欲というか、為政者としては正しい強さだと思った。

父はそんな蒼蓮《ソウレン》様に対し、不敬にもあざ笑うかのような態度を見せる。

「よろしい。柳《リュウ》家が貴方様のご期待に応えるとしましょう。とはいえ、何事にも絶対はございませぬ。万が一にでも、凛風《リンファ》を妃に迎えるという約束を違えた場合にはそれ相応の報復をさせていただきますが、よろしいか？」

「父上！　なんということを……！」

皇族に対し、報復するなどと宣言するなんて！

私と兄はぎょっと目を見開いて狼狽える。

ただし蒼蓮《ソウレン》様は優雅な笑みを口元に浮かべ、それを受け入れた。

「わかった。どんな要求も、私個人で責めを負えるのならば受け入れよう」

「蒼蓮《ソウレン》様……！」

何を約束してるんですか⁉

悲壮感の滲む声で名を呼ぶと、彼はようやく私を見る。

「それほどまでに、そなたを手放しとうないということだ」

手を繋ぎ、見つめ合っているとまるで本当に恋仲であるかのよう。

さすがは女好きと噂を撒いた人物だけある。

情熱的で、どうしようもないくらいに恋焦がれているという風な目で、じっとまっすぐに私を見つめている。

いけない。これはいけない。

気を抜くと、心を奪われてしまうような気がした。

「凜風《リンファ》？　何か心配事でも？」

「っ！」

思わず目を逸らす。

「…………蒼蓮《ソウレン》様。随分と娘をお気に召したようで何よりです。ただし、節度ある行動を頼みますぞ」

「!?」

父はそう苦言を呈すと、兄と共に部屋を出て行った。これから、柳《リュウ》家としての話し合いがあるんだと思う。

廊下にいた麗孝《リキョウ》様も、二人と一緒に去っていった。扉を閉めるとき、にやっと笑って手を振っていたのが気にかかる。

楽しんでいる……？　麗孝《リキョウ》様も、蒼蓮《ソウレン》様が本気だと信じているのかしら？

後で訂正しなくては。

とはいえ、今は蒼蓮《ソウレン》様と話をつけるのが先である。

皆がいなくなった客間で、私は蒼蓮《ソウレン》様と二人きりで顔を見合わせていた。

エピローグ　月季花の娘

「あの……、父はもうおりません。この手をお離しください」

ずっと私の手を握っている蒼蓮《ソウレン》様は、父が去った後も演技を続けていた。

もう、こんな風に仲睦まじいふりをする必要はない。

ところが、彼はその美しい顔を不満げに歪めた。

「五日も会えなかったというのに、そなたは淋しくなかったのか？」

「は？」

一体何を言っているのだろう。

私はしばらくの間、言葉が見つからずに沈黙する。

会えなくて淋しい？　それは紫釉《シユ》様の話ではないのかしら？

じっと見つめ合っていると、だんだんと居心地が悪くなり、私はふいっと目を逸らす。

「凜風《リンファ》？　なぜ私を見ない」

なぜと問われても、見たら心を奪われそうで恐ろしいからに決まっている。

今すべきことは、今後についての話し合いだ。ときめいている場合ではない。

私は深呼吸を何度か繰り返し、気を落ち着かせてから顔を上げた。

「蒼蓮《ソウレン》様。まずはお礼を……」

「礼？」

私は小さく頷く。

「世話係を続けられるよう、父を説得してくださりありがとうございました」

いったん、父は引いてくれた。兄がこれからどう始末をつけるかはわからないけれど、紫釉《シユ》様の前で争わずに済み、しかも話がまとまったのは蒼蓮《ソウレン》様が来てくれたからだ。

でも――

「いくらなんでも、さすがに無茶が過ぎます。世話係を続けるための口実とはいえ、私を妃にするなんて」

自分で言っていて、胸がずきりと痛んだ。

考えれば考えるほど、私はこの方に惹かれているのだと気づかされてしまう。

きっとこの気持ちは、淡い恋心のようなものなのだろう。ふとした瞬間にどうしようもなく目を奪われ、近づくと胸がざわめいて切なくなる。

けれど、今ならまだ引き返せる。なかったことにして、感情を押し込めて平静を装うことができる。だからもうこれ以上、踏み込んでこないでほしい。

誰のことも好きにならないくせに、こんな風に手を握ったり、嘘でも甘い言葉を囁いたりしないでほしい。

私は、紫釉《シユ》様のために世話係の仕事に専念したいのだ。

戯れを真に受けて、心を乱すなんてとんでもない。

「こんな風にされると、いくら私でも誤解してしまいます」

どうか、私がこうして笑っていられるうちに、この手を離してもらえないだろうか。

けれど蒼蓮《ソウレン》様は、理解できぬといった顔つきで私を見下ろす。

「何を言っておるのだ……？」

「何って、こんな風に触れられるのは困りますし、私が蒼蓮《ソウレン》様の妃になるなどおかしいですよ」

さすがに戯れが過ぎますと言外に伝えれば、彼は眉根を寄せ、さらに力を込めて私の手を握った。

「私は思うたことを告げたまでだが？　まさか、そなたは私の妃になりたくないのか？」

あぁ、そんな傷ついたみたいな顔をしないで。

蒼蓮《ソウレン》様の妃になるということは、それはお飾りの妃になるということでしょう？

「私は…………」

二胡の曲に、悲恋の歌がある。

許嫁の男性が別の人を好きで、愛する人のそばに在れるのにいつも哀しい、という歌だ。

私は蒼蓮《ソウレン》様に好意を抱きはじめているから、こんな想いを抱えたまま妃になってしまえば、この恋心は侘《わび》しさに変わるだろう。

あの歌のように、淋しさや侘しさを持て余すような暮らしはしたくない。

この方がほかの女人を好きになることはないかもしれないけれど、誰よりそばにいるのに己のことを見てくれないいなんてそんな思いはしたくないのだ。夫婦なのに片想いだなんて、考えたくない。

第一、そんな悩みを抱えていたら仕事に集中できるかどうか。

恋に狂った愚かな姿は、紫釉《シユ》様にも静蕾《ジンレイ》様にも、蒼蓮《ソウレン》様にも晒したくない。

「そなたの心が聞きたい」

「…………」

私の返事を待つ蒼蓮《ソウレン》様。

いつもみたいに、ふざけてくれたらいいのに。

私は精一杯の強がりで、必死で笑みを作ってから言った。

「私は、お飾りの妃にはなりたくないのです」

だからこの話はなかったことにして欲しい。

冗談だったと、父のことはまた別の説得を考えようと言ってもらいたかった。

ところが、頭上から降ってきたのは想像もしていない言葉で――

「それは好都合だ」

私は驚きで顔を上げる。好都合とは一体？

でもその瞬間、ふっと前に影が差したと思ったら唇に柔らかなものが触れていた。

「っ!?」

一瞬の隙に口づけられ、私は呆然としてしまう。

こういうことは、将来の伴侶となる相手とだけするものでは!?

頭の中が真っ白になり、息をするのも忘れていた。

ゆっくりと顔を上げた蒼蓮《ソウレン》様は、力強い声できっぱりと告げる。

「私はそなたを好いている。お飾りの妃になどするつもりはない」

「…………は?」

不敬にも、そんな反応しかできなかった。

蒼蓮《ソウレン》様が私を好き?

驚きのあまり、瞬きすら忘れていた。

「守ってやると言うたであろう? そなたをずっと、こうしてそばに置きたい。無論、紫釉《シユ》陛下の世話係を辞めろなどとは言わぬが、右丞相に言うた通り凜風《リンファ》を生涯大切にしたいと思うておる」

真剣な眼差しで想いを告げられ、全身がぶわっと粟立つ。胸の奥底から大きな感情の波がせり上がり、うれしいやら恥ずかしいやらで何の言葉も出てこない。

さっきからずっと心臓が激しく鳴り続けていて、悲しくないのに泣きそうになった。

「凜風《リンファ》? ここまで言うても信じられぬか?」

その手が私の頬をそろりと撫で、その瞳は少しだけ不安げに揺れている。

「あの、いえ……お気持ちは伝わっております」

顔を赤くした私がそう述べると、蒼蓮《ソウレン》様は満足げに頷いた。

「そなたは私と共に在れ。私がそなたを望んだ以上、李《リ》家の嫡子はおろかほかの誰にもくれてやるつもりはない。邪魔だてする者は許さぬ」

「蒼蓮《ソウレン》様、お顔が怖いですが」

目の前で妖艶に笑う蒼蓮《ソウレン》様は、ぞくりと身震いするほど美しい。が、同時にどこか恐ろしかった。

私の恋心は予想外に成就したのだが、蒼蓮《ソウレン》様のそれとは温度差を感じずにはいられない。

「今日より凜風《リンファ》は私の許嫁だ。情勢が落ち着くまでは大々的に公表できぬが、そのつもりでいるがよい」

「…………はい」

ふと頭に浮かんだのは、紫釉《シユ》様と読んだ龍のお話。

人々に恩恵を与える龍の話には続きがあった。

龍は、美しい鱗を欲した者に「欲しいならくれてやる」と言った。しかし、鱗を手にした者たちはその神気に当てられ、もれなくおかしくなってしまう。

そう、あの話は『身の丈に合わぬ物を欲してはならぬ』という教訓だった。

上機嫌で微笑む蒼蓮《ソウレン》様を見ていると、私は身の丈に合わぬ恋を望んでしまったのでは？　と思わずにはいられない。

「どうした？　愛しい月季花の娘よ」

黙っていると、伴侶を示す幸福の花にたとえられ、突然持ち上げられた。

「ひゃっ……！」

慌てて目を白黒させる私を見て、蒼蓮《ソウレン》様はさらに笑みを深める。

少し子どもじみているようにも思えるけれど、それほどまでに私とのことを喜んでくれているってこと……？

ぷらんと浮いた足元が心もとないけれど、こんなに楽しそうにされると「仕方がないな」と思ってしまった。

「執政官ともあろうお方が、このようなことを……」

胸の内とは裏腹に苦言を呈す私に対し、蒼蓮《ソウレン》様は悪びれもせずさらりと答える。

「そなたにだけだ、許せ」

堂々と言いきったその言葉に、私はつい笑ってしまった。

好きな人とこうして笑い合えることがこれほど幸せなことだとは、これまで生きてきて知らなかった。

父の決めた人と一緒になる、幼い頃からそう言い聞かせられてきて、世話係になったことで結婚の可能性は生涯潰《つい》えたのだと思っていたのに……。

まさかこんなことになろうとは。未だに信じられない気持ちでいっぱいだけれど、喜びを露わにする蒼蓮《ソウレン》様を見ているとだんだんと実感が湧いてくる。

公にできぬこととはいえ、私たちの巡り合わせに感謝した。

「蒼蓮《ソウレン》様」

私は愛しい人に呼びかける。

「ん？　何でも申してみよ」

名を呼べば答えてもらえる。ただそれだけのことなのに、こんなにもうれしい。見惚れそうになるほど美しい漆黒の瞳に、私だけが映っている。

まだ恋を自覚したばかりというのに、幸せとはこういうことなのかと思ってしまった。

でも、さすがにこの状態はちょっと困るわ。

「そろそろ下ろしてください」

子どもじゃないんだから、抱き上げられても素直に喜べない……。蒼蓮《ソウレン》様は浮かれているようだけれど、私の羞恥心はそろそろ限界だった。

彼よりも高い位置に目線があるのも、まったくもって落ち着かない。

ところが、彼はあっさりと拒絶した。

「断る」

何でも申してみよっておっしゃいましたよね!?

私は困り顔で訴えかける。

「下ろしてくださいませ」

「断る」

「下ろしてくださいませ」

「嫌だ。諦めよ」

「えええ……」

心の底から嫌そうな顔をすると、蒼蓮《ソウレン》様はゆっくりと私を下ろして再びきつく抱き締めた。

「やはりこの方がよいな。そなたが私のものだと実感できる」

久しぶりに感じた香《こう》の匂い。私は目を閉じて、そっと腕を回す。

抱き合っているとこれ以上ないほどに胸が苦しくもあり、幸福にも感じた。

でもここで、あることをふと思い出す。

「あの、本当によろしいのですか？　私は柳《リユウ》右丞相の娘ですよ……？」

今さら躊躇われても困るけれど、でもあの父と縁づくということは蒼蓮《ソウレン》様の皇族としての立場を利用されてしまうのでは？

蒼蓮《ソウレン》様に利がないとは思わないけれど、面倒なことが増えるのでは？　と不安は大きい。

私が恐る恐る尋ねると、蒼蓮《ソウレン》様は穏やかな声で言った。

「問題ない。そなたがそばにおれば、どんな災いが持ち込まれようとも利の方が大きいからな」

あまりに自信たっぷりな言葉に、私はふっと笑いを漏らす。

この方は、あの父とやり合うつもりなのだ。そして、それを楽しんでさえいるような気がした。

さすがは、騙し合いが盛んだった頃の後宮で生き抜いてきた方。この方はきっと、ご自身の力で最善を手にすることができる人なのだと思った。

私はもう何も言うまい。紫釉《シユ》様と蒼蓮《ソウレン》様と、一緒にいられることが私の幸せなのだ。

「すべては、蒼蓮《ソウレン》様の御心のままに。私はずっとおそばにおります」

そう言って見上げれば、彼は満足げに頷き、その唇は弧を描く。

そして私の髪を撫でた後、再び唇を重ねようとして――――邪魔された。

「蒼蓮《ソウレン》様ぁぁぁ！　妹に手出しなさらぬよう自制してください！」

パンッと勢いよく扉が開け放たれる音がして、兄が必死の形相で飛び込んでくる。

「兄上!?」

「秀英《シュイン》」

振り返った蒼蓮《ソウレン》様は、明らかに不機嫌な空気を放つ。

私は予想外の兄の乱入に心臓がバクバクと鳴っていて、顔を真っ赤にして沈黙した。

「まだ正式な取り決めが済んでおりませんので、妹に手を出さないでくださいね？」

「………………」

もう口づけられてしまった。

蒼蓮《ソウレン》様も私も、二人して目を逸らして口を閉ざす。兄はその空気ですべてを察したらしく、露骨に呆れた顔をした。

「あのですね、内々のこととはいえ、契約を交わすまでは妹に手をつけられては困ります。皇族である蒼蓮《ソウレン》様の方がそのあたりはよくご存じでしょう？」

兄が苦言を呈するのはもっともで、私たちは何も反論できない。私が五大家の娘である以上、その手に触れることすら軽率に行ってはいけないのだ。

蒼蓮《ソウレン》様はため息をつき、私から腕を離して一歩下がる。

「これでいいか？」

二人の間には、人ひとり分の距離が空いた。それを見た兄は、「はい」と言って頷く。

蒼蓮《ソウレン》様は腕組みをして嘆いた。

「まったく柳《リユウ》家はしきたりにうるさい家だな。右丞相よりも秀英《シユイン》が障害になるやもしれん」

兄上の場合、蒼蓮《ソウレン》様が本気で怒ったらすぐに謝りそうだけれど。そんなことを思いつつも、私はおとなしく黙っておく。

対する兄は、呆れ交じりに諭す。

「凜風《リンフア》の名誉のために、軽率な行動は慎んでください。お願いしますよ？」

「…………」

返事をしない蒼蓮《ソウレン》様。

私がきょとんとした顔で見上げていると、彼はふと何かに気づいてにやりと口角を上げる。

「秀英《シュイン》、誰にも見られなければよいのでは？」

「「は？」」

再び長い腕に絡めとられ、蒼蓮《ソウレン》様の唇が私の額に触れる。

兄がそこにいますけれど!?

驚きで目を瞠る私を見て、蒼蓮《ソウレン》様は上機嫌で言った。

「あれは最も信頼できる部下だから、気にする必要はない」

「気にしてください！」

あぁ、そうだ。この方は、こういう方なのだ。

やはり私は、身の丈に合わぬ恋をしてしまったのかも……？

卒倒しそうになる私を抱き締めたまま、蒼蓮《ソウレン》様は満足げに微笑んでいた。

あとがき

はじめまして。柊《ひいらぎ》一葉《いちは》と申します。

『皇帝陛下のお世話係～女官暮らしが幸せすぎて後宮から出られません～』をお手に取っていただき、誠にありがとうございます。


本作は、私にとっては八作目のライトノベルであり、ＳＱＥＸノベルさんでは初めての書籍となります。これまでは西洋風の異世界ファンタジーを中心に執筆していましたので、中華後宮は何もかもが謎すぎて、書き始めるまでにかなり時間がかかりました。

まず、漢字が読めない。文化・生活がわからない。調べても調べても、本によって書いていることが違って「どれが正解なの？」とますます謎が深まる……、そんな状態でなかなか書き始められない日々が続きました。

それでも、韓服イケメンが好きだ!!　という一心でどうにかこうにか形に仕上げた、自分の執念をちょっと褒めてあげたいと思います（笑）。

後宮ものといえば、愛憎渦巻くドロドロの世界というイメージがあると思うのですが、本作は後宮に妃がいないので比較的ほのぼのとした作風になりました。

韓服イケメンも大好きなんですが、がんばる女の子も大好きでして、主人公の凛風《リンファ》は良家の娘なのに働きに出てしまうという、本作の時代背景や環境においては簡単でない道を進んでいます。世話をされる側から、世話をする側の女官へ。様々な苦労を経験しながら、逞しい彼女がますます元気に強くなっていくところを書けたらいいなと思っています。

一巻では、世話係として紫釉《シュ》様のことを大切に想うところや、自分がこれまでいかに恵まれていたのかを実感して決意を新たにするところ、必要とされたいという渇望に気づくところなど、彼女の内面が成長していく過程を楽しんでいただけたらうれしいです。

蒼蓮《ソウレン》との恋模様も、まじめな凛風《リンファ》にはこれくらい直球で迫ってくる人の方が仕事と両立できてよいのではないでしょうか？

最初はなかなか二人の恋愛が進展しなかったのですが、信頼関係を築いた後に恋に発展するというのも、お仕事ものならでは。愛の重い蒼蓮《ソウレン》のアプローチを凛風《リンファ》がどう受け止めていくのかも、今後の見どころの一つです。もう絶対に逃げられないくらいの強固な囲い込みを、蒼蓮《ソウレン》には見せて欲しいです。

ＷＥＢ版と比べて一番大きく変わったのは、紫釉《シユ》の登場シーンが増えてかわいさも大増量したことです。わずか三歳で皇帝に即位し、父も母もない不遇の少年皇帝の紫釉《シユ》には、たくさんの人々に囲まれてどうか幸せになってくれと願うばかりでございます。


イラストを描いてくださった硝音《しょうおと》あや先生は、漫画家としてご活躍です。

ずっと好きだった漫画家さんなので、まさかこんな機会をいただけるとは露ほども思っておらず、編集さんからお名前が挙がったときは依頼を受けていただけるかドキドキで……。

たくさんお仕事を抱えていらっしゃる中で、本作をお引き受けくださったことは、私の人生の中で奇跡のような幸運です。

キャララフからすでに美しすぎて、「私はもう興奮しすぎて、本番のイラストに耐えられないかもしれない」と編集さんに伝えたくらい、素晴らしいイラストを描いていただきました。本当にありがとうございます！

また、出版にあたりご尽力いただきましたＳＱＥＸノベル編集部の皆様、担当編集さん、ご関係者様、大変お世話になりました。誠にありがとうございました。

始まったばかりの本作ですが、これから凜風《リンファ》がどんな日々を送るのか、紫釉《シユ》が大きくなっていく様子も含めて我が子のように愛でていただきたいなと思っています。

どうかこれからも、応援よろしくお願いいたします。

こんな広いスペースを頂いてしまったので
蒼蓮サマにねそべって頂きました。

凜風さんに見せられませんね…

イラストが物語を楽しむ助けになって
いれば幸いです。

またお会いしましょう〜

柊先生、編集Oサマありがとうございました

硝音あや
aya Shouoto
×××

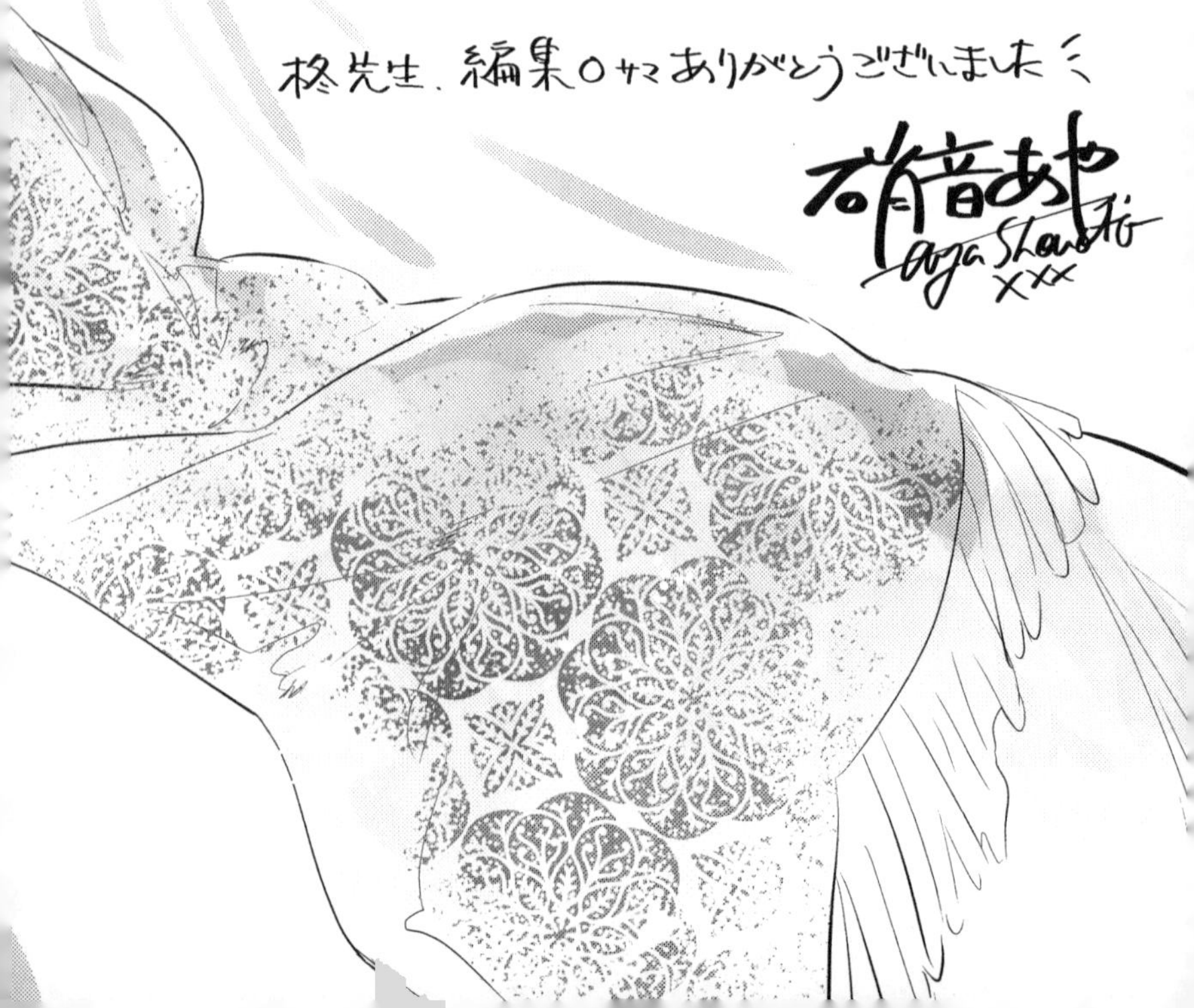

皇帝陛下のお世話係
女官暮らしが幸せすぎて後宮から出られません
一巻おめでとうございます！
はじめまして、吉村悠希です。
柊先生の創り出す可愛くて素敵なキャラが生き生きと活躍する世界、
硝音先生の美麗なイラストで彩られるすごいコンビの作品で、コミカライズを担当するという夢のようなご縁をいただきました。
めちゃくちゃ頑張りますのでコミカライズの方も見ていただけると嬉しいです！

悪役令嬢は
溺愛ルートに入りました!?

SQEXノベル

皇帝陛下のお世話係
～女官暮らしが幸せすぎて後宮から出られません～ 1

著者
柊 一葉

イラストレーター
硝音あや

2021年11月6日　初版発行

発行人
松浦克義

発行所
株式会社スクウェア・エニックス
〒160－8430
東京都新宿区新宿6－27－30　新宿イーストサイドスクエア
（お問い合わせ）スクウェア・エニックス　サポートセンター
https://sqex.to/PUB

印刷所
図書印刷株式会社

担当編集
大友摩希子

装幀
小沼早苗（Gibbon）

ISBN978-4-7575-7564-6 C0093　　Printed in Japan